CAMINHOS
Cruzados

MARISA FONTE

CAMINHOS
Cruzados

Pelo Espírito
CARMEN

Romance Espírita

Ficha Catalográfica

C287c   Carmen (Espírito).

       Caminhos cruzados / Marisa Fonte pelo espírito de Carmen --
Bauru, SP: CEAC, 2013.
232p.; 14x21 cm

       ISBN: 978-85-8279-003-8

       1. Romance espírita   2. Espiritismo - psicografia   I. Titulo.

133.9

Índices para catálogo sistemático:

1. Romance espírita : Espiritismo   133.9

Ficha Técnica

Coordenação editorial
Renato Leandro de Oliveira

Capa
César França de Oliveira
Foto da capa gentilmente cedida pela fotógrafa Bruna Fonte

Projeto e diagramação miolo
Angela dos Santos Luiz

1ª Edição - janeiro de 2014
10.000 exemplares

Copyright 2014 by
Centro Espírita Amor e Caridade
Bauru SP

Edição e Distribuição

Rua Quinze de Novembro, 8-55
Fone: 14 3227-0618
CEP 17015-041 - Bauru SP
www.ceac.org.br/editora/loja
www.radioceac.com.br
editoraceac@ceac.org.br

Direitos reservados. Proibida a reprodução, mesmo parcial,
e por qualquer processo, sem autorização da Editora

Dedico este trabalho a você, leitor. Ele foi feito com muito carinho para tentar ajudá-lo a encontrar seu melhor caminho dentro dessa jornada chamada vida!

Carmen

*Para Alvaro, Bruna e Marcelo por me darem
a cada dia a oportunidade de aprender, e por terem
comigo a paciência necessária para que eu consiga
alcançar esse objetivo.*

Sumário

13 Agradecimentos
15 Capítulo 1
21 Capítulo 2
25 Capítulo 3
33 Capítulo 4
39 Capítulo 5
43 Capítulo 6
47 Capítulo 7
59 Capítulo 8
65 Capítulo 9
69 Capítulo 10
75 Capítulo 11

81 Capítulo 12
85 Capítulo 13
89 Capítulo 14
95 Capítulo 15
99 Capítulo 16
105 Capítulo 17
109 Capítulo 18
117 Capítulo 19
123 Capítulo 20
129 Capítulo 21
139 Capítulo 22
145 Capítulo 23
151 Capítulo 24
169 Capítulo 25
183 Capítulo 26
189 Capítulo 27
199 Capítulo 28
211 Capítulo 29
219 Capítulo 30
227 Notícias de Felipe
229 Epílogo

Agradecimentos

Agradeço ao Pai pela vida, e à Espiritualidade pela assistência constante.

Agradeço à Carmen por haver confiado em mim, e por ter tido paciência com as minhas dificuldades e imperfeições.

Agradeço a você, leitor, por percorrer estas páginas conosco.

Agradeço a Dona Cidinha (que já não está entre nós) e a Maria Vilar (hoje acometida pelo Mal de Alzheimer) pelo muito que me ensinaram sobre a doutrina dos espíritos. Elas me ofereceram lições valiosíssimas sempre que estivemos juntas.

Agradeço a todos os amigos e pessoas queridas que me oferecem apoio e encorajamento no dia a dia – felizmente são muitos e prefiro não nomeá-los

Agradecimentos

para não esquecer ninguém; sintam-se todos incluídos. Tenham a certeza de que a vida é bem melhor graças ao carinho de vocês!

Agradeço a todos aqueles que passam pela minha vida, às vezes anônimos, e oferecem palavras de incentivo e carinho que me animam a prosseguir com este trabalho. São como as flores que passam deixando o seu perfume no ar.

Agradeço a Bruna, Marcelo e Leandro que leram o livro pela primeira vez, tecendo valiosos comentários.

Agradeço pela linda capa deste livro. Minha amiga Eugênia teve a ideia, e por uma feliz coincidência minha filha Bruna havia tirado a foto perfeita que serviu de base para o talento de César Oliveira.

Agradeço a Richard Simonetti e à Equipe da Editora CEAC. Sem vocês nada se concretizaria!

Capítulo 1

— Vamos, Mariana! Levante-se. É hora de ir para a aula!

— Só mais um pouquinho... Está tão frio!

— Eu sei meu amor. Mas hoje é dia de prova e você precisa ir. E se não levantar já sabe o que acontece — riu Iara — que sentada à beira da cama da filha ameaçava fazer-lhe cócegas

— Assim não vale — riu Mariana abraçando e beijando a mãe com carinho. Vou me arrumar rapidinho para não chegar atrasada.

A mãe sorriu, acompanhando os movimentos da filha sempre tão alegre e bem humorada. Saiu do quarto e a jovem foi se vestir. Era muito bonita. Seus cabelos eram longos e escuros, seus olhos claros e profundos; um belo sorriso sempre iluminava o seu rosto delicado.

Capítulo 1

Pouco depois Mariana chegou à cozinha onde o pai e os irmãos a esperavam para tomar o café da manhã. Em seguida, sairiam para mais um dia de aulas e trabalho. Alegre, deu um beijo estalado em cada um, e depois se sentou.

— Venha, mamãe, sente-se conosco.

— Já vou, filha — disse a mãe colocando o café recém-coado sobre a mesa.

Como sempre, a refeição transcorreu tranquila e alegre.

— Mamãe, eu gostaria de trazer duas amigas para almoçar em casa hoje. Temos um trabalho para fazer e se elas vierem não precisaremos ficar na faculdade até mais tarde.

— Claro, filha, sem problemas.

— E vocês dois, comportem-se, viu? Nada de deixar as meninas sem graça como os seus amigos fazem comigo — disse Mariana rindo, dirigindo-se aos irmãos que eram gêmeos, dois anos mais velhos do que ela.

A casa era frequentada pelos amigos dos gêmeos que sempre brincavam dizendo que Mariana teria que escolher um deles para se casar.

Na hora do almoço Mariana chegou com as amigas. Laura era tímida, tinha longos cabelos claros e profundos olhos azuis. Mônica era o oposto de Laura: extrovertida e falante, olhos e cabelos castanhos.

Caminhos cruzados

No decorrer da conversa ficaram sabendo que Laura era órfã e morava com os avós, e que Mônica era filha de pais separados. Ambas eram filhas únicas.

O almoço transcorreu alegre, e depois cada um foi cuidar dos seus afazeres. A família possuía uma papelaria próxima da casa onde moravam, e os rapazes trabalhavam com o pai no período da tarde.

Era quase junho. Em poucos dias Mariana completaria 18 anos. Iara sugeriu que fossem reunidos a família e os amigos mais íntimos para comemorar. Mariana, que adorava receber pessoas queridas em casa, concordou imediatamente, e logo começou a pensar nos detalhes. Ela queria um vestido bem bonito. Ainda não havia decidido a cor. Iara sorria com a animação da filha, e já conseguia imaginá-la linda no dia da festa.

Finalmente chegou a data tão esperada. Era sábado. Estava tudo pronto. Agora era só esperar os convidados, que chegariam às sete horas.

Seis e quarenta e cinco: todos – com exceção de Mariana – aguardavam os convidados.

Laura e Mônica foram as primeiras a chegar. Estavam lindas. Laura usava um vestido azul-claro que fazia sobressair ainda mais os seus olhos azuis. O vestido de Mônica era de um delicado tom salmão. Mariana surgiu logo depois, em um

Capítulo 1

elegante vestido lilás. Seus cabelos estavam presos e ela estava levemente maquiada. Cada um dos irmãos a tomou por um braço, e ambos disseram:

— Como você está linda!

Mariana sorriu. Os pais a abraçaram com carinho, e cumprimentaram as amigas da filha, que agora faziam parte da turma que frequentava a casa.

Logo chegaram os amigos dos rapazes, e pouco a pouco outros convidados chegaram sozinhos ou em pequenos grupos. Não demorou para a casa ficar cheia. A alegria era geral. Todos conversaram, dançaram e se divertiram bastante.

No dia seguinte a família saiu para um passeio. Foram almoçar em uma cidadezinha do interior como sempre faziam, pois gostavam de conhecer lugares novos. Estavam todos alegres e o dia passou rapidamente.

À noite reuniram-se para fazer o Evangelho no Lar, como era costume havia muitos e muitos anos. Caio abriu o *Evangelho segundo o Espiritismo* no Capítulo V: *Bem-aventurados os aflitos, Motivos de resignação (13).*

Esse tema não parece adequado para encerrar um fim de semana tão alegre como este, pensou Mariana. *Bem, talvez haja por aqui algum irmãozinho que necessite ouvir esta lição.*

Ao término do Evangelho comeram um lanche, conversaram um pouco e foram deitar.

Caminhos cruzados

Acomodada em sua cama, Mariana pensava: *Que final de semana gostoso! Obrigada meu Deus, por tudo que recebo a cada minuto da minha vida. Tenho uma família maravilhosa, amigos, e conheço muitas pessoas que me querem bem. Vivo confortavelmente, e meus pais sempre nos ensinaram a partilhar tudo o que possuímos com o próximo. Creio ser a pessoa mais feliz do mundo!*

Bocejando, pensava no fim de semana e no carinho que recebera de tantas pessoas. Assim, adormeceu em paz. Pouco depois, seu espírito desprendeu-se do corpo físico, e em companhia de alguns amigos espirituais foi trabalhar em benefício de outros. Seu corpo físico repousava para começar mais uma semana de vida no mundo material.

Mariana e os irmãos haviam recebido uma formação cristã muito sólida, e todos tinham uma consciência muito grande a respeito dos deveres morais do ser humano.

Mariana era médium e já trabalhava em um Centro Espírita, apesar da pouca idade. Possuía grande conhecimento, era bondosa e tinha uma enorme compaixão para com o próximo que se encontrava em situação desfavorável.

Seus irmãos também trabalhavam no Centro. Eram evangelizadores, e as crianças os adoravam por serem pacientes e alegres.

19

Capítulo 2

A porta se abriu. Mariana acabara de voltar da faculdade.

— Mãe?

— Oi filha. Estou aqui na cozinha.

Mariana beijou a mãe que logo perguntou.

— Como foi a aula?

— Tudo bem.

— Que cara é essa? Você parece um pouco séria demais. Tirou nota baixa?

— Não — disse a menina que se sentou e ficou olhando para o vazio.

— Que foi Mariana? Aconteceu alguma coisa? Está me deixando preocupada.

— Desculpe. Não, não foi nada demais. Sabe quando a gente conhece alguém que parece já ter conhecido em outra época?

Capítulo 2

Iara sentou-se à mesa junto da filha.

— Já me aconteceu algumas vezes.

— Então. Hoje aconteceu comigo lá na faculdade. Eu estava com Laura e Mônica na hora do intervalo e Caíque, um dos rapazes da sala, veio perguntar se alguma de nós tinha um *pen-drive* para emprestar. Ele estava com Felipe, um rapaz de outra turma. Eu nunca havia visto Felipe por lá. Quando olhei para ele senti uma espécie de vertigem. Ele é muito bonito e tem os olhos mais lindos que eu já vi. Mas, ao mesmo tempo senti desconforto. Talvez por causa dessa sensação de *déjà-vu*[1].

— Você se interessou por ele?

— De certa forma sim. Senti como se as nossas vidas já houvessem se cruzado em algum outro momento.

— Bem, pode ser que isso já tenha acontecido. Quem sabe? Mas, não fique tão impressionada. Ele pareceu ser uma boa pessoa?

— Não sei dizer. Não por enquanto. Talvez se vier a conhecê-lo melhor possa ter essa resposta.

---

1 - Déjà-vu (ou fenômeno do *já visto*): sensação íntima, que surge inesperadamente; um acontecimento qualquer faz com que a pessoa tenha a sensação de que já conhece ou já vivenciou certos fatos.

Caminhos cruzados

Depois desse dia Mariana viu Felipe diversas vezes. Logo um sentimento diferente começou a surgir. Felipe era simpático, alegre, e parecia gostar também de Mariana.

Aos poucos, ambos foram se aproximando mais e mais. Os encantos do rapaz faziam com que Mariana se esquecesse da sensação desconfortável que experimentara ao conhecê-lo.

Algum tempo depois eles começaram a namorar. Tudo era alegria, e Mariana sentia que agora estava de fato amando alguém. Tivera um ou dois namoros rápidos, ou *coisa de criança* como definira sua mãe quando o pai se preocupara por causa do seu envolvimento com os meninos. Agora tudo parecia mais sério. Eles até faziam planos para o futuro: viajar, quem sabe casar um dia.

— Está na hora de conhecermos esse rapaz, Mariana. Já que você está gostando dele precisamos saber quem ele é — disse a mãe.

— Tem razão. Vou convidá-lo para vir aqui em casa. O que acha de organizarmos um almoço? Convidaremos Laura, Mônica e os amigos de Caio e Rodrigo. Assim fica mais informal e não parece que o objetivo é apenas conhecê-lo.

— Acho ótimo. É menos constrangedor. Ainda me lembro de quando seu pai foi à minha casa pela primeira vez.

Capítulo 2

— É mesmo? Acho que você nunca me contou isso.

— Como você sabe seu avô era muito severo.

— Verdade. Não queria estar no lugar do meu pai. Vovô deve ter analisado cada um dos seus gestos e memorizado cada palavra que ele disse só para depois ficar comentando e dizer para você que ele não era o marido ideal.

— Tem razão. Ele ficou analisando Lúcio nos mínimos detalhes. Tempos depois seu pai me disse que se sentira como se estivesse completamente despido no meio de todos.

— Pobre papai!

— Imagine que naquele dia Lúcio teve fortes dores de estômago por causa do nervosismo. Tremia tanto que deixou cair café no nosso tapete novo. Minha mãe olhou para ele com uma cara! Ele ficou vermelho e logo pediu licença para se retirar. Foi um horror!

Ambas riram, e Iara completou.

— Agora rimos da situação, mas naquele momento não teve nenhuma graça.

Capítulo 3

Na manhã seguinte Iara foi chamar Caio para ir à faculdade, pois já estava ficando tarde e o filho ainda não havia se levantado.

— Filho, vai chegar atrasado. Já passou da hora de levantar.

— Não consigo levantar. Meu corpo está estranho e minha cabeça dói tanto, mãe!

— Vou buscar um analgésico. Você deve estar ficando gripado. Fique aí descansando e mais tarde estará melhor.

Caio achou melhor aceitar a sugestão da mãe, pois se sentia muito mal para ir à faculdade. Tomou o remédio e logo adormeceu novamente.

Mariana, que sempre era a última a se reunir com a família para o café da manhã, estranhou não ver Caio e perguntou pelo irmão.

Capítulo 3

— Ele não está se sentindo bem — explicou Iara. Parece que está ficando gripado.

— Ligue para mim se precisar — disse Lúcio um pouco preocupado. Caso ele não melhore, nós o levaremos ao médico após o almoço. Mesmo que seja só uma gripe prefiro que ele passe por uma consulta.

Todos se entreolharam um tanto apreensivos, como se pressentissem que algo não estava bem, que a vida estava prestes a mudar, e que os dias alegres dariam lugar a momentos de intranquilidade. Procurando espantar os pensamentos negativos, Mariana convidou:

— Vamos vê-lo antes de sair. Faremos uma prece e com certeza ele haverá de melhorar bem rápido!

Todos concordaram e foram juntos ao quarto de Caio. Este se queixou de que a cabeça doía tanto que parecia prestes a estourar. Lúcio e Iara se entreolharam.

— Não estou gostando disso. Vou levá-lo ao médico. Não conseguirei trabalhar sabendo que Caio não está bem.

— Posso faltar à aula? Não tenho prova e depois pego a matéria com Laura ou Mônica.

— Pode — concordou o pai.

— Então eu também não vou à aula — disse Rodrigo. Vou ajudar Caio a se arrumar e todos o levaremos ao médico.

Iara e Rodrigo ajudaram Caio a vestir-se, pois ele estava com dificuldade para manter o equilíbrio. Em pouco tempo chegavam ao médico e lá Caio foi atendido prontamente. O médico, que conhecia a família havia muitos anos, pareceu preocupado.

— Ele deve ser levado a um hospital. Aguardem um pouco. Darei alguns telefonemas para que Caio seja atendido sem demora.

— O que ele tem Mendonça? Não pode atendê-lo aqui?

— Ele precisa de cuidados especiais, e não tenho no consultório os medicamentos dos quais ele necessita.

— Mas...

— Conversaremos mais tarde, pois não podemos perder tempo. Acho que precisaremos ter muita fé e paciência nesse momento.

— Então é sério.

— Para mim, que os conheço de longa data é muito triste dizer desse modo, mas é sim. Os sintomas indicam tratar-se de um AVC. Precisamos ser rápidos, pois quanto antes nós o encaminharmos, mais chances ele terá de se recuperar.

Capítulo 3

Todos se entreolharam atônitos. Foi como se de repente o mundo tivesse caído sobre as suas cabeças. Tinham lágrimas nos olhos. Abraçaram-se e Mariana começou a fazer uma prece:

Deus de infinita bondade e misericórdia, Mestre Jesus que nos trouxestes tantas lições de amor, benfeitores espirituais que nos assistem nos momentos de aflição, auxiliem-nos neste momento, para que nos mantenhamos firmes em nossa fé. Rogamos para que a equipe abençoada do Dr. Bezerra de Menezes possa auxiliar Caio a fim de que ele se restabeleça rapidamente. Abençoem os médicos que cuidarão dele para que ele receba o tratamento adequado.

Logo o Dr. Mendonça voltava à sala dando as instruções necessárias a Lúcio, que se dirigiu ao hospital imediatamente.

Após confiar Caio aos médicos, a família se dirigiu à sala de espera do hospital, e lá ficaram todos em silêncio e prece.

Não tardou para que dona Magda e Ana, mãe e a irmã de Lúcio, viessem juntar-se a eles. Guilherme, filho de Ana chegou em seguida.

Ana era enfermeira. Gentil e dedicada sempre fora muito querida por todos. Havia se casado muito jovem, mas ficara viúva antes de completar o primeiro ano de casamento. Acometido por uma enfermidade do fígado, o marido partira

Caminhos cruzados

poucos dias após receber a notícia de que estava doente.

Ana voltou a morar com os pais quando ficou viúva. Guilherme nasceu quatro meses após a morte do pai e era a alegria dos avós que muito o amavam.

Ana nunca mais quis casar ou namorar outros rapazes. Decidira que cuidaria do filho e dos pais e que esperaria para se encontrar com o marido quando partisse também para o outro lado da vida. Se fosse permitido, ela e o marido traçariam planos para estarem juntos em uma nova oportunidade.

O pai de Ana e Lúcio desencarnara havia muitos anos, ao sofrer um enfarto fulminante. Foi um grande choque para todos, pois ele gozava de ótima saúde. No entanto, a vida prosseguiu sem a presença do chefe da pequena família que sempre era lembrado por todos com imenso carinho. Ele havia passado a vida se dedicando à família e aos afazeres espirituais. Trabalhava no Atendimento Fraterno, onde sua orientação carinhosa e seu bom senso auxiliaram muitos irmãos desesperados a se reequilibrarem e procurarem novos caminhos à luz dos ensinamentos cristãos.

— Foi uma grande perda — diziam todos. Mas, Deus há de permitir que de onde estiver ele

Capítulo 3

continue olhando por nós e nos inspirando com suas sábias orientações.

Assim, a vida continuou para Ana, sua mãe e Guilherme, que sofrera muito, pois o avô era também a figura paterna que ele não tivera a oportunidade de conhecer. A mãe e a avó se desdobravam em cuidados e carinhos, e ele cresceu feliz e tranquilo. Tornou-se médico, profissão que escolhera ainda menino. Embora jovem, era respeitado por todos, e seus colegas reconheciam nele talento e competência inatos.

No início da tarde, um dos médicos que cuidava de Caio veio conversar com Mariana e seus familiares.

— Felizmente ele está fora de perigo. É um rapaz forte e vocês o trouxeram a tempo. Ficará com sequelas: terá problemas para se locomover, mas a sua vida será quase normal. Terá também problemas com a fala. Será um processo longo, que exigirá paciência e muito amor por parte da família. Aliás, o apoio da família será essencial para a recuperação de Caio. É provável e natural que devido à sua nova condição ele passe por momentos de depressão e tenha um pouco de dificuldade para se reintegrar ao meio em que vivia. Por ora nós o manteremos na UTI a fim de que receba o tratamento necessário. Vamos torcer

30

Caminhos cruzados

para que ele se recupere rapidamente — disse o médico afastando-se.

No Centro Espírita que a família frequentava todos vibravam pelo restabelecimento de Caio, inclusive as crianças que tanto o amavam. Depois de alguns dias ele deixou a UTI e foi levado para um quarto comum. Eram tantas as preces pelo rapaz, que todos os que entravam no quarto sentiam a energia de amor e de paz que dali transbordava.

Era um sábado ensolarado. Afinal chegara o dia em que Caio voltaria para casa. Bastante abatido, mas muito otimista, ele deixou o hospital, e quando chegou a casa ficou surpreso com a quantidade de pessoas que tinham vindo dar-lhe as boas vindas. As crianças do curso de Evangelização lá estavam para abraçá-lo. Trouxeram-lhe flores e cartões. Ele e a família se comoveram imensamente com tanta demonstração de carinho. As pessoas, delicadas, deixaram o local rapidamente a fim de que o rapaz pudesse descansar. O mais importante elas já haviam feito: mostrar a Caio o quanto ele era querido.

Os próximos meses seriam longos, mas com a ajuda dos benfeitores espirituais tudo seria mais fácil. Tendo essa confiança dentro de si, cada um dos familiares se pôs a ajudar da melhor forma

Capítulo 3

possível, a fim de que todos prosseguissem com as suas atividades sem negligenciar os cuidados com Caio por um instante sequer. Tinham certeza de que cercado de amor e segurança ele logo estaria restabelecido, com a graça de Deus!

Embora não fosse fácil cuidar de uma pessoa no estado de Caio, em poucos dias a rotina já estava estabelecida.

Capítulo 4

Durante a estada de Caio no hospital Mariana vira Felipe muito pouco, mas agora os dois passavam mais tempo juntos, como faziam antes.

Mariana gostava de ouvir suas histórias e de ouvir a sua opinião sobre os diversos assuntos do cotidiano. Ele sempre tinha um ponto de vista interessante para apresentar, gostava de música, mostrava a ela suas próprias composições, fazia poemas para ela e com frequência trazia-lhe flores. As amigas brincavam:

— Você tirou a sorte grande, Mariana. Felipe é lindo, atencioso e adora você!

Mariana estava muito feliz, e se não fosse pelo ocorrido com o irmão, poderia dizer que sua vida era perfeita.

Capítulo 4

Caio por sua vez melhorava sensivelmente. Sua memória já não estava confusa, o que foi um grande alívio para todos. Narravam fatos e ele se lembrava de tudo. Logo começaria o trabalho para que ele voltasse a falar normalmente. Por enquanto ele enrolava a língua, e às vezes não dava para compreender o que dizia. Às vezes chorava quando via que não conseguia se comunicar. Ele que sempre fora tão alegre e falante não conseguia fazer-se entender!

No entanto, passado o primeiro momento de desespero, Caio decidiu que se não havia outra opção naquele momento, ele aproveitaria para aprender ou revisar os seus conhecimentos. Afinal, se ele era encarregado de cuidar da evangelização das crianças tinha obrigação de estudar bastante e fazer o seu trabalho da melhor forma possível.

Um mês havia se passado desde a sua volta para casa. Todos, inclusive ele, já estavam adaptados à sua nova condição. Os amigos começaram de novo a frequentar a casa, pois no início entenderam que em momentos assim, muita gente dentro de casa acaba atrapalhando.

Foi nessa época que as meninas começaram a frequentar a casa com mais assiduidade, e que Mônica começou a demonstrar interesse por Caio.

Caminhos cruzados

Ele se sentia em situação muito desfavorável, e a insistência dela em ajudá-lo a alimentar-se, buscar um livro, ou simplesmente sentar-se ao seu lado para conversar o deixava constrangido. Ela era bonita, bem educada e inteligente. Ele não sabia o que seria do seu futuro, por isso achava que Mônica deveria procurar alguém que não tivesse problemas de saúde.

Um dia, vendo que após a visita da moça Caio estava muito triste, Iara decidiu falar com ele. Perguntou com ternura:

— Filho, você está gostando dela?

Ele assentiu movimentando a cabeça, e nesse momento duas lágrimas pularam dos seus olhos. A mãe abraçou-o comovida.

— Você acha que não é suficientemente bom para ela?

Mais uma vez ele concordou.

— Filho, você sempre foi um bom rapaz, e ela sempre o olhou com olhos de carinho. Na minha opinião ela é sincera, pois agora, em um momento da sua vida em que você está com dificuldades ela se aproximou ainda mais. Quantas pessoas fogem das outras nas horas difíceis? Você já parou para pensar que tem grandes chances de levar uma vida quase normal? Está melhorando a cada dia, e o médico disse que é provável que

Capítulo 4

em pouco tempo volte a falar perfeitamente. No início, a previsão era de que fosse levar mais tempo. Mas, seu progresso está sendo bem acelerado em relação às expectativas iniciais.

Caio olhou a mãe com carinho e agradeceu pelas suas palavras.

— Olha, filho, eu acho que você deve deixar as coisas seguirem o seu curso natural. Não se preocupe com os detalhes. Deixe Deus cuidar dos pormenores, sem pensar em como será sua vida daqui a um ano, dois anos, ou até mais. Simplesmente viva, aproveite cada momento, e seja feliz dentro daquilo que é possível e do que está sendo oferecido a você neste exato momento.

Abraçando a mãe, Caio sorriu e concordou mais uma vez.

Mariana entrou no quarto nesse momento e brincou:

— Também quero um abraço!

E, abraçando o irmão, sentou-se em seu colo como sempre fazia.

Caio nunca foi tratado como uma pessoa desventurada, pois a família entendia que tudo aquilo que nos acontece e todos os obstáculos que devemos superar têm a sua causa e o seu objetivo. Todos tinham consciência de que nós sempre recebemos da Misericórdia Divina as fer-

Caminhos cruzados

ramentas que devem nos ensinar a fazer o nosso trabalho, e que é tempo perdido revoltar-se ou querer fugir das dificuldades ou dos obstáculos que precisamos transpor. Eles confiavam no fato de que Deus nos ama, pois somos Seus filhos, e Ele jamais nos dá uma carga superior às nossas forças. Foi por isso que a família se uniu ainda mais, em vez de se desequilibrar por causa da enfermidade de Caio. Essa é a fé verdadeira, aquela que coloca a confiança acima dos fatos, por piores que eles sejam. Quando aprendemos a aceitar tudo o que a vida nos traz — mesmo as maiores dificuldades — e paramos para meditar a respeito das lições que devemos aprender com tais fatos, somos mais felizes e mais alegres, por compreendermos que tudo é parte de um plano maior que nos levará a dias melhores e à plenitude. É sempre mais fácil reclamar do que tomar uma atitude; é sempre mais cômodo deixar os problemas para lá a enfrentá-los e procurar aprender com eles.

Capítulo 5

A tarde estava terminando, e logo cairia a noite trazendo a escuridão que as estrelas e a lua viriam iluminar, mostrando que mesmo nos momentos de treva existe luz em nossas vidas; basta que assim o desejemos do fundo dos nossos corações.

Nesse momento chegaram Lúcio e Rodrigo. Em um instante todos estavam à mesa, agradecendo ao Pai por mais um dia, por mais uma oportunidade de aprendizado e de convívio. Após o jantar todos auxiliaram na arrumação da cozinha, e logo estavam na sala conversando. Estava quase na hora do Evangelho no Lar. Mariana preparava o ambiente, e em poucos minutos todos estavam ao redor da mesa. Apagaram algumas luzes deixando o local mais apropriado à prece e à meditação.

Capítulo 5

Caio, com bastante dificuldade fez a prece de abertura, agradecendo pelas bênçãos recebidas por ele e pela sua família, e agradecendo por ter sido acolhido dentro de um ambiente tão maravilhoso que lhe proporcionava a oportunidade de crescer como ser humano. Lúcio leu o capítulo *Ambiente Caseiro* do livro *Sinal Verde* do espírito André Luiz, psicografado pelo médium Francisco Xavier, e em seguida Iara leu um capítulo do Evangelho Segundo o Espiritismo: *Bem aventurados os aflitos*. Após breves comentários a respeito dos textos, Rodrigo fez a prece final. Terminado o Evangelho no Lar continuaram conversando, sem notar as criaturas iluminadas que estavam ao seu redor tomando parte na palestra edificante.

— Agora que Caio está melhor — disse Mariana — acho que podemos marcar aquele almoço que havíamos planejado para que vocês conheçam Felipe. O que acham?

— Acho ótimo, pois não me agrada saber que você anda por aí com esse rapaz que nós não conhecemos nem sabemos de onde vem.

Mariana riu.

— Papai, não seja antiquado! Está com ciúme. Isso sim!

— Seu pai tem razão. Precisamos saber com quem você se relaciona, filha. Claro que são suas

Caminhos cruzados

escolhas, que a vida é sua, mas temos o dever e o direito de saber quem é esse rapaz.

Iara não sabia o porquê, mas mesmo sem conhecer Felipe não simpatizava com ele. Embora a filha lhe contasse sobre como ele era atencioso e gentil, e o quanto gostava dele, ela sentia certo desconforto quando ouvia falar do rapaz.

Rodrigo sugeriu animado:

— Que tal marcarmos para o feriado?

— Boa ideia — concordou Mariana.

— Está bem. Caio e eu cuidaremos de tudo. Certo, filho? — disse Iara dirigindo-se ao rapaz.

Era hora de descansar de mais um dia repleto de afazeres.

Lá fora a lua iluminava o jardim florido, e o silêncio fez adormecer aqueles corações unidos pelo amor.

Capítulo 6

Os amigos de Caio e Rodrigo chegaram exatamente ao meio dia. Logo em seguida vieram Mônica e Laura. Felipe chegou poucos minutos depois. Mariana foi recebê-lo.

— Que flores lindas!

— São para a sua mãe, mas eu trouxe bombons para você.

— Você é mesmo um amor! Obrigada — disse Mariana alegre. Venha, vamos entrar.

Os jovens estavam todos na sala. Mariana apresentou Felipe aos amigos dos irmãos.

— Esses são Renato, Junior e Luís.

— Não nos conhecemos de algum lugar? — perguntou Luís.

— Talvez — respondeu Felipe.

Capítulo 6

Nesse momento Iara e Lúcio entraram na sala. Quando viu o rapaz, ela sentiu um desconforto muito grande e teve ímpetos de mandá-lo embora de casa. Suas mãos estavam geladas e ela teve também a sensação de *déjà-vu* que Mariana descrevera tempos atrás.

Lúcio adiantou-se para cumprimentar o rapaz, e quando ele se aproximou de Iara, ela se conteve a muito custo. Um sentimento de revolta e aversão ao rapaz fizeram com que ela cambaleasse. Tentou disfarçar seus sentimentos, e com o pretexto de tomar as últimas providências na cozinha retirou-se da sala rapidamente.

Sem entender o motivo começou a chorar. Lúcio entrou na cozinha de repente. Ela estava de costas e pediu a ele que fosse para a sala de jantar verificar se faltava alguma coisa. Procurou recompor-se para que quando o marido voltasse não a visse naquele estado.

O almoço transcorreu alegre. Os jovens falantes animavam o ambiente.

Foi uma ótima ideia chamar mais gente, pensou Iara. Agora, mais calma, observava Felipe, tentando não deixar seus sentimentos interferirem.

Ele é de fato muito bonito, pensou. *É simpático, alegre, gentil, agradável, e tem uma boa conversa. Entendo porque encantou minha filha. Aparentemente é o sonho de toda garota.*

Caminhos cruzados

— O almoço está uma delícia, dona Iara.

A voz de Felipe interrompeu seus pensamentos. Iara sorriu automaticamente e agradeceu. Mariana riu.

— O almoço está uma delícia, dona Iara — repetiu ela.

— O que foi? — riu Felipe. Eu disse alguma coisa demais?

— Não — respondeu Mariana. Só estranhei você chamar minha mãe de dona Iara.

— Nós a chamamos de tia Iara. Para nós ela é uma tia e uma grande amiga — disse Renato.

— Obrigada, Felipe. Fico contente que tenha gostado do almoço — disse Iara, procurando mudar o rumo da conversa. Não queria que Felipe tivesse a ideia de chamá-la de *tia*. Esse tratamento era reservado aos outros por quem ela nutria uma simpatia sincera.

Procurando ser o mais simpática possível, acrescentou:

— Espero que goste também da sobremesa.

Depois desse dia, Felipe passou a frequentar a casa regularmente. Nessa altura os outros familiares também já o conheciam.

Certa tarde, dona Magda e Ana vieram tomar um café com Iara. As três conversavam animadamente, quando Ana comentou:

Capítulo 6

— Vocês notaram que ultimamente Felipe anda meio estranho?

— Como assim? — perguntou Iara.

— Não sei, acho que está meio agitado, um pouco irritado. Será que está com algum problema?

Iara fitou a cunhada e fez uma pergunta direta:

— Você gosta dele?

— Sinceramente não sei. Às vezes sim, às vezes não. E você?

— Não sei explicar, mas algo nele me desagrada.

Dona Magda interferiu:

— É cedo para qualquer julgamento. Não nos deixemos levar apenas pelas aparências. Vamos observar um pouco mais.

— A senhora tem razão — concordou Iara. Não vamos nos precipitar.

— Entretanto, vamos ficar atentas — disse Ana.

Capítulo 7

Caio se recuperava a olhos vistos. Já conseguia falar bem e planejava voltar às aulas de Evangelização com Rodrigo. Ambos já preparavam o material para o próximo semestre. As crianças se entusiasmaram com a volta de Caio e queriam fazer uma festa surpresa para quando ele voltasse.

Mônica continuava frequentando a casa com a mesma assiduidade. Passava horas ao lado de Caio, que após a conversa com a mãe decidira dar a si mesmo a oportunidade que a vida lhe oferecia. Ambos riam e falavam sobre tudo. Mônica e Laura agora frequentavam o Centro com a família e estavam entusiasmadas em aprender sobre a doutrina. Logo começaram a fazer os cursos e auxiliar nas pequenas tarefas do Centro. Para elas muita coisa havia mudado desde quan-

Capítulo 7

do haviam estreitado os laços de amizade com Mariana e sua família. Sentiam-se mais felizes e haviam encontrado ali um segundo lar.

Transcorrido algum tempo, o Dr. Mendonça pediu que novos exames fossem feitos. Para sua surpresa os resultados foram melhores do que se podia esperar. Animado, pediu para falar com a família a fim de dar as boas novas. Telefonou para Lúcio pela manhã, e este o convidou para que jantasse com eles naquela noite.

— Combinado. Às sete está bom?

— Está ótimo — concordou Lúcio.

Em seguida, Lúcio ligou para Iara a fim de dizer que o médico jantaria com eles.

— Pode deixar meu bem. Vou caprichar no jantar.

— Impossível caprichar mais do que você capricha todos os dias.

Iara riu e disse:

— Obrigada, querido. Você é sempre tão gentil. Até a hora do almoço, então. Um beijo!

Iara que estava sozinha com Caio naquela hora do dia foi avisar o filho que o médico viria à noite para jantar com eles e falar sobre os exames.

— Sinto-me tão bem que acho que está tudo ótimo nos exames — disse o rapaz com alguma dificuldade.

Caminhos cruzados

— Eu também acho. Você melhorou sensivelmente — disse beijando o filho com carinho. Agora, que tal me ajudar com o cardápio do jantar? Tem alguma sugestão?

— Tudo o que faz é tão gostoso que fica difícil decidir — disse Caio sorrindo.

— Deixe de me bajular, e vamos escolher o que servir. Afinal, quando as pessoas vêm à nossa casa estão dispondo do seu tempo e nos oferecendo o seu carinho. Portanto, devemos retribuir, não é?

— E você sabe retribuir como ninguém!

Ambos riram e começaram a discutir o cardápio do jantar. Decidiram, por fim, que fariam *strogonoff* e salada.

— Que tal fazermos um pudim para a sobremesa? — sugeriu Caio.

— Por acaso seria o seu pudim favorito?

Caio sorriu e piscou para a mãe de forma marota.

— Está bem então. Vamos já preparar o pudim e o almoço.

Caio e Iara dirigiram-se para a cozinha.

— Fico muito feliz em vê-lo melhorando a cada dia.

— Eu também, mamãe. Cheguei a pensar que iria desencarnar. Não tenho medo, mas gostaria tanto de ficar um pouco mais por aqui!

Capítulo 7

— Eu também fiquei com receio, filho. Nós oramos muito por você. Sabemos que Deus jamais erra, mas já que Jesus disse, *Pedi e obtereis*, nós resolvemos pedir. Felizmente você continua aqui conosco. Nós jamais nos revoltaríamos se você houvesse partido, mas ficaríamos profundamente tristes sem a sua presença.

— Venha cá, mamãe. Deixe-me abraçá-la.

Iara se aproximou e abraçou o filho com enorme carinho.

— Agradeçamos ao Pai por tudo aquilo que Ele nos oferece, e principalmente pela oportunidade que nos deu de estarmos juntos nesta vida.

— Que assim seja filho.

Nesse instante tocou o telefone e Iara foi atender. Era Lúcio.

— Só estou ligando para saber se está tudo bem por aí.

— Sim, meu bem. Está tudo em ordem. Caio e eu estamos preparando a sobremesa para o jantar.

— Ele está bem?

— Graças a Deus. Está alegre e animado.

— Que bom. A gente se vê na hora do almoço então. Um beijo para vocês dois.

— Outro. Até mais.

Mãe e filho continuaram conversando animadamente. Na hora do almoço os outros

Caminhos cruzados

familiares chegaram alegres, e como sempre tudo transcorreu em paz.

Lúcio e Rodrigo foram para o trabalho, e no meio da tarde, como faziam diariamente, Mônica e Laura chegaram para a sua visita. Iara convidou:

— Por que vocês não vêm jantar conosco essa noite? O Dr. Mendonça virá conversar a respeito da saúde de Caio.

— De jeito nenhum — respondeu Mônica. Este é um assunto de família.

— Mas vocês são parte desta família.

Mônica sorriu e abraçou Iara.

— Muito obrigada pelo convite, mas hoje é uma ocasião que deve ser reservada para vocês.

— Eu concordo — disse Laura. Mesmo assim, muito obrigada. Acho que é hora de ir. Caio, espero que as notícias sejam as melhores possíveis. Liguem para nós assim que souberem do que se trata. Estamos ansiosas para ouvir as novidades.

— Ligaremos sim — respondeu Iara.

— Caio — disse Mônica segurando as mãos do jovem — nas minhas preces nunca me esqueço de você. Peço agora mais do que nunca que as notícias sejam ótimas. Porém, se algo der errado, saiba que poderá sempre contar comigo.

Os olhos dela estavam cheios de lágrimas.

Caio ficou comovido com essa demonstração de

Capítulo 7

carinho. Levou as mãos de Mônica aos lábios e beijou-as com ternura.

— Eu acredito que Deus nos coloca obstáculos à frente não somente para que nós aprendamos com eles, mas também para que possamos saber quem de fato se importa conosco. Muito obrigado — disse ele, beijando mais uma vez as mãos de Mônica.

— Não se esqueçam de ligar para nós — reforçou Laura.

— De jeito nenhum — respondeu Iara.

As meninas se foram.

— Assim que seu pai chegar vou me arrumar — disse Iara.

Caio respondeu carinhoso:

— Não se preocupe comigo, mamãe. Vá ficar ainda mais linda que eu estarei bem.

Iara sorriu.

— Volto logo.

Sozinho no jardim Caio refletia sobre os últimos acontecimentos.

Como é interessante a nossa vida. Tudo pode mudar completamente de um instante para o outro. Eu que sempre gostei de praticar esportes, dançar e correr, de repente me vi impossibilitado de fazer essas pequenas coisas, quase desencarnei, e acabei descobrindo o quanto as pessoas me querem bem.

Pai de misericórdia e bondade infinita, muito obrigado por cada dia da minha existência. Não sei o porquê de ter me acontecido tudo isso, mas tenho certeza absoluta de que essa é a lição que eu preciso aprender neste momento. Sou grato, portanto, por receber o apoio desta família maravilhosa dentro da qual o Senhor me concedeu a graça de nascer. Rogo, Senhor, por tantos que não possuem esse mesmo aconchego e carinho. Que neste momento eles possam sentir a Sua presença, e se alegrarem por haverem reencarnado, mesmo que não acreditem em reencarnação.

Que cada ser possa sentir o Seu amor e carinho, e compreender que tudo o que nos acontece hoje é lição a ser assimilada com paciência e gratidão, pois somente essas lições poderão nos mostrar novos e melhores caminhos que certamente nos conduzirão à Sua luz e nos ensinarão a compartilhar com tantos outros o amor ensinado pelo Mestre Jesus.

O sol iria se por em instantes. Sentindo uma paz profunda, Caio cerrou os olhos e por um momento sentiu-se transportado para outro local. Adormeceu levemente. Via-se correndo por lindos campos floridos e teve certeza: sim, ele era perfeito; somente seu corpo físico estava enfermo.

Lúcio e Rodrigo chegaram, e quando o viram tão compenetrado pensaram que seria melhor não incomodá-lo.

Capítulo 7

Lúcio fez um aceno chamando Rodrigo.

— Vamos tomar banho e depois cuidamos de Caio.

O Dr. Mendonça chegou pontualmente às 7 horas. Todos o aguardavam ansiosamente.

Após falarem sobre trivialidades por breves instantes, Lúcio perguntou:

— Quer falar conosco antes ou depois do jantar?

— Meu amigo, as notícias são tão boas que se eu as contar antes do jantar vocês ficarão com mais apetite!

Todos riram, e o Dr. Mendonça não os fez esperar.

— Meus colegas e eu analisamos seus exames, Caio. Seu caso era gravíssimo. Hoje posso confessar que não acreditávamos que você sobreviveria, e esperávamos que se isso acontecesse você tivesse sequelas irreversíveis. Não sabemos explicar, mas Deus sabe o que faz, e então está tudo certo. Faça planos, prepare-se e viva sua vida normalmente. Você está cem por cento bem. Naturalmente ainda precisará de algumas seções de fisioterapia, mas esperamos que em um futuro não muito distante você receba alta.

Caio, comovido, chorava baixinho e todos o acompanhavam na emoção.

Caminhos cruzados

— Acho que só o fato de estar aqui já é muito mais do que eu devo merecer. Tenho uma família e amigos que me amam, e isso já é uma grande bênção. Tudo o que me for acrescido é somente motivo para agradecer ainda mais.

— Vou ligar para as meninas — disse Mariana.

— Vá, filha. Vou dar os últimos retoques no jantar. Creio que estamos todos com fome, não é?

Mariana ligou primeiramente para Laura, que ficou muito contente com a notícia, e desejou felicidades a Caio. Em seguida, ligou para Mônica.

— Alô, Mônica?

— Olá, Mariana. E então?

Mariana relatou o que o médico havia dito, e pelo silêncio do outro lado da linha sabia que Mônica estava chorando.

— Vocês deveriam estar aqui para comemorar conosco. Não quer vir? Ficaremos muito contentes. Eu peço a Rodrigo que vá apanhá-las.

— Está bem. Vou me arrumar.

Em seguida ligou para Laura e convidou-a também.

— Mamãe, vamos colocar mais dois pratos: Mônica e Laura jantarão conosco.

— Que bom!

— Rodrigo, vamos buscá-las?

Logo eles voltavam trazendo as duas, que abraçaram a todos com alegria. Como não pode-

Capítulo 7

ria deixar de ser, o jantar transcorreu num clima festivo. Era sexta-feira, e assim todos podiam ir dormir um pouco mais tarde. Ficaram então conversando, até que o Dr. Mendonça disse:

— Bem, já está ficando tarde. Devo ir.

— Também já vamos — disse Mônica.

— Vamos levar vocês — disse Lúcio.

— Posso deixá-las vocês em casa se quiserem — ofereceu o Dr. Mendonça.

Todos se foram, e logo a família estava só. Conversaram animadamente por mais alguns minutos, e após uma prece foram deitar-se.

Lá fora a lua ia alta, e a noite era fresca e agradável. Após a notícia trazida pelo Dr. Mendonça todos sentiram suas esperanças renovadas, e agradeceram mais uma vez ao Pai pelo grande presente.

Muitas vezes, quando surgem dificuldades, as pessoas se entregam ao sofrimento e ao desespero, e deixam de acreditar, que continuam amparadas pelo Senhor da Vida. Porém, é justamente nas horas mais penosas da nossa existência que temos necessidade de manter a fé e a coragem.

Estamos na Terra para aprender, e a reencarnação é uma oportunidade abençoada de progredirmos, de darmos mais um passo em direção da nossa reforma íntima.

Caminhos cruzados

Todos sem exceção seremos perfeitos um dia, mas somente o tempo nos transformará. O exemplo da família de Mariana é o que deveria ser seguido por todos. Diante da doença de Caio eles não apenas se uniram ainda mais como não se revoltaram. Tiveram confiança de que Deus sempre traça planos corretos e de que ninguém passa por situações das quais não necessite, pois tais situações de alguma forma contribuem para o crescimento da criatura.

Quando aprendermos a ter essa confiança inabalável na bondade e na justiça de Deus, nossa vida se transformará, em uma alegria sem fim, pois saberemos que se hoje estamos tristes, amanhã as lágrimas secarão, e que em seu lugar haverá risos de júbilo.

Não deixemos jamais de confiar que a nossa vida não é um barco à deriva, mesmo quando assim o parecer. Lembremo-nos do meigo Mestre e dos benfeitores espirituais que sempre estão dispostos a auxiliar todo aquele que pede e deseja sinceramente melhorar. Assim, recorramos ao amparo que nos é oferecido e prossigamos na certeza de que somos eternos e naturalmente destinados à felicidade.

Nota da autora espiritual

Capítulo 8

Durante o jantar Mariana comentou:
— Sexta-feira que vem é aniversário de Felipe. O que vocês acham de comemorarmos no sábado?

Todos se entreolharam.

— E então? O que acham? — perguntou Mariana ansiosa.

Meio contrariado, Lúcio perguntou:
— Você convidará os pais dele?
— Não sei. Parece que eles irão viajar. Caio disse que eles sempre viajam nos fins-de-semana.
— É muito esquisito esse seu namorado — disse Caio irritado. Ele vem aqui, conhece nossos familiares, nossos amigos, senta-se à nossa mesa, mas nunca disse uma palavra a respeito da família ou dos amigos dele. E você tampouco conhece os pais de Felipe.

Capítulo 8

Também irritada com os comentários, Mariana respondeu em um tom que não lhe era próprio:

— Você não gosta dele. Eu já percebi que você e Rodrigo ficam reparando em Felipe o tempo todo.

Rodrigo, que era sempre muito reservado, interferiu, sem deixar transparecer qualquer sentimento negativo:

— Tem alguma coisa nele que me incomoda também. Eu sinto que...

Mariana interrompeu o irmão:

— Vocês são uns chatos, isso sim. Acho que estão com ciúmes! Não querem que eu saia com Felipe, mas quando ele está aqui não fazem a mínima questão de conversarem com ele.

Mariana falava alto e logo começou a chorar. Estava bastante zangada com os irmãos.

— Chega — interveio Lúcio. Não fiquem discutindo dessa forma. É melhor conversarmos com calma. Seus irmãos têm razão, filha. Felipe se mostra gentil e bem educado, mas não sabemos muito sobre ele.

— Mamãe?

— Ele é bonito e simpático, mas eu concordo com os seus irmãos.

— Também acha que tem alguma coisa errada com ele?

Caminhos cruzados

Os rapazes se entreolharam, e Caio quebrou o silêncio.

— Achamos que é melhor você ir com calma. Há qualquer coisa nele que não nos agrada. Não sabemos o quê. Pode ser ciúme sim, mas achamos que é muito mais do que isso.

Todos se olharam, sem nada dizer. Iara convidou:

— Que tal tomarmos um chá? Podemos também assistir a um filme antes de dormir.

— Eu vou para o meu quarto. Não quero ficar com vocês! — respondeu Mariana mal-humorada.

— Ela não é assim — disse Iara. Acho que esse rapaz tem uma influência negativa sobre ela.

Enquanto se preparava para dormir, Mariana pensava no que os irmãos haviam dito. Por fim, pensou em Felipe, e quando a imagem do rapaz lhe veio à mente ela sorriu e pensou:

— Isso é bobagem dos meus irmãos.

Deu de ombros, colocou sua camisola e deitou-se. Fez suas orações, e chorando, adormeceu.

Naquela noite algo diferente aconteceu. Mariana teve um sonho. Viu Felipe com uma aparência diferente da que ela conhecia. Logo viu a si mesma, também diferente. O local onde

Capítulo 8

estavam não lhe era familiar. Era uma casa escura, de aspecto rústico.

Agora via uma cena em que ela se encontrava na cozinha da casa. Havia um fogão de lenha em um canto, e no centro do cômodo havia uma imensa mesa que era na verdade um pedaço de árvore cortada em uma lasca grossa. Ao redor da mesa via-se um grande banco. Havia um menino de uns 4 ou 5 anos sentado à mesa. Ele estava tomando leite e comendo biscoitos. Era seu filho. Mariana estava ao lado do pequeno, e os dois conversavam alegremente quando ouviram um soco na porta. Assustados, viram Felipe que mais uma vez voltava para casa embriagado. Logo ele começou a gritar e esbravejar. O Felipe dessa visão era um homem muito grande, feio, de cabelos e olhos escuros. Ele usava uma barba meio longa e desgrenhada. Em nada lembrava o Felipe da vida atual.

Mariana estremeceu de pavor ao vê-lo. Abraçou o menino e pegou-o no colo. Estava pronta para retirar-se do local, quando uma bofetada de Felipe jogou-a ao chão junto com o filho que começou a chorar e saiu correndo para buscar ajuda.

Mariana acordou com a mãe chamando seu nome.

Caminhos cruzados

— Mariana, minha filha, o que foi, por que grita em tamanha aflição?

Mariana abraçou a mãe com força. Tremia muito, e chorava. O pai entrou no quarto trazendo um copo com água.

— Acho que tive um pesadelo. Não foi nada.

Mariana não contou a ninguém sobre o sonho.

Fiquei assim por causa da conversa que tivemos, pensou.

Adormeceu profundamente, e naquela noite não teve mais pesadelos.

Capítulo 9

Mesmo a contragosto, Lúcio e Iara decidiram comemorar o aniversário de Felipe. Conversaram com os filhos e chegaram à conclusão de que era melhor tê-lo por perto e observá-lo. Combinaram que procurariam tratá-lo mais amistosamente a fim de que Mariana não se afastasse da família. Convidaram Guilherme, Ana, dona Magda e os amigos de sempre.

Na casa de Mariana, Iara e Lúcio tomavam as últimas providências. Enquanto isso, na casa de Felipe, ele se arrumava para sair.

— Vai sair filho? — perguntou sua mãe.

— Sim — respondeu ele secamente.

— Mas nós havíamos combinado de ir jantar fora para comemorar seu aniversário — disse ela visivelmente desapontada.

Capítulo 9

Ele percebeu que ela ficara triste. Abraçou-a e tentou ser gentil.

— Podemos almoçar amanhã. O que acha?

— Claro, como quiser — disse ela se afastando rapidamente. Não queria que o filho visse as lágrimas, que ela tentava conter, mas que caíam teimosas dos seus olhos tristes.

Pouco depois, Felipe veio se despedir. Beijou a mãe apressadamente e saiu. Gostava dela, mas ultimamente não estava se dando muito bem com o pai, embora gostasse dele também.

— Você precisa tomar um rumo na vida — dizia seu pai demonstrando preocupação.

— Pronto. Já vai começar o sermão. Vê se não me enche tá?

— Filho, o tempo passa muito rápido. Você precisa estudar e se formar. Se quiser pode trabalhar com a sua mãe na loja, mas precisa fazer alguma coisa. Já não é um garoto. Precisa pensar no seu futuro.

Invariavelmente, Felipe deixava o pai falando sozinho e saía batendo a porta.

Logo Felipe chegava à casa de Mariana. A namorada estava linda como sempre. Ele gostava muito dela, e sabia que era correspondido.

Se não fosse por aqueles irmãos insuportáveis tudo seria perfeito, pensava. Se por um lado Caio

Caminhos cruzados

e Rodrigo não gostavam de Felipe, ele também antipatizava com os rapazes. Sempre que os observava, seus olhos traíam seus sentimentos.

— Parabéns, Felipe — disse Lúcio, procurando ser o mais simpático possível. E seus pais, não quiseram vir?

— Eles viajaram — mentiu.

— Bem, diga a eles para virem nos visitar quando puderem. Gostaremos muito de conhecê-los.

Lúcio ficou bastante intrigado e logo foi falar com Iara.

— Felipe chegou. Os pais não vieram. Ele disse que viajaram.

— Não sei, mas acho que não é verdade. Depois, também tem uma coisa. Não sei o porquê, mas não acredito que eles viajariam no aniversário do filho.

Nesse instante a campainha tocou outra vez. Iara suspirou e se dirigiu para a sala.

A reunião transcorreu sem incidentes, mas Caio e Rodrigo procuraram observar Felipe mais de perto. Sentaram-se ao lado dele e conversaram como nunca haviam feito antes.

No final da noite, em seu quarto, trocavam impressões.

— Reparou como ele se contradiz, Rodrigo?

Capítulo 9

— É verdade. Quando perguntamos onde estudava, ele deu o nome de uma faculdade, mas quando mais tarde Mônica fez a mesma pergunta, a resposta foi diferente. No final não sabemos onde ele estuda — se é que estuda.

— Pois é. Ele nos disse que cursa Engenharia, mas Mariana disse que ele estudava Administração.

— E quando perguntei sobre o Professor Rogério que é super conhecido lá na Engenharia, ele disse que nunca havia ouvido falar dele.

— Mas que motivos alguém teria para mentir sobre coisas tão corriqueiras como o nome da escola onde estuda?

— Se ele mente sobre coisas tão pequenas, certamente haverá de mentir sobre tudo o mais.

— O que mais me incomoda é que nossa irmã vai sofrer quando descobrir que ele não é sincero.

— Ela não percebe que ele não é a pessoa gentil e amorosa que mostra ser.

— Afinal, porque ele está na nossa vida? Com tantos rapazes para se interessar, não entendo como Mariana foi esbarrar justamente num cara desses!

Os rapazes conversaram mais um pouco e foram dormir cismados.

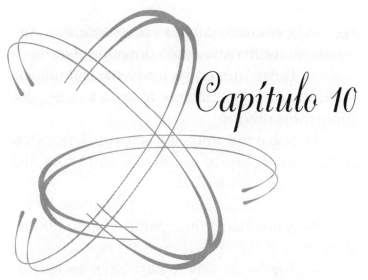

Capítulo 10

No tarde daquele domingo o telefone tocou. Era Ana, a irmã de Lúcio, que ligava aflita. Mariana atendeu ao telefone.

— Alô.
— Mariana? Seu pai está aí?
— Sim. Aconteceu alguma coisa, tia?
— É sua avó. Ela não está nada bem.

Lúcio, que assistia a um filme com a esposa, atendeu rapidamente.

— O que foi Ana?
— Nossa mãe passou mal e eu chamei uma ambulância.
— Estou indo aí.
— Venha logo, então. Esperarei por você.

Lúcio e Iara saíram apressados, e quando chegaram à casa de Ana viram os enfermeiros

Capítulo 10

acomodarem dona Magda na ambulância. Ana estava muito nervosa, e só conseguia chorar.

— Deixe que eu vá junto na ambulância — disse Lúcio, que sempre tomava a frente nos momentos difíceis.

Depois que a ambulância partiu, Iara voltou para casa para buscar os filhos, e junto com Ana seguiram para o hospital.

— Avisou Guilherme? — perguntou Iara.

— Ainda não. Vou esperar o laudo do médico.

— Fez bem. Talvez nem seja necessário incomodá-lo.

Guilherme tirara uma semana de férias e havia viajado para Salvador com um amigo. Insistira para que a mãe e a avó fossem com ele, mas como Ana não podia tirar férias no momento, os três combinaram que viajariam juntos em uma próxima oportunidade.

Chegaram ao hospital e encontraram Lúcio. Pouco depois, surgiu no final do corredor um dos médicos que cuidava de dona Magda.

— Como ela está, Doutor? — perguntou Mariana impaciente.

— Vamos nos sentar, por favor.

Acomodaram-se todos na sala de espera. O médico, sério, tirou os óculos, olhou para a família, que reunida aguardava ansiosa, e disse:

70

Caminhos cruzados

— Dona Magda sofreu um aneurisma cerebral. Será necessário fazer mais alguns exames, mas, certamente, ela necessitará de alguns cuidados especiais daqui por diante.

Lágrimas caíam dos olhos de todos, pois era triste a ideia de ver dona Magda sofrer. Ela sempre fora muito divertida, ativa e decidida. Sabiam, no entanto, que mais uma vez não deveriam perder a fé!

O médico conversou mais um pouco com a família e retirou-se. Aconselhou-os a irem para casa descansar. Somente um acompanhante deveria permanecer ao lado de dona Magda.

— Eu fico, ofereceu-se Iara.

— Não, meu bem. Você está cansada, pois não dormiu bem na noite passada. Deixe que eu passe a noite, e depois nós veremos como proceder durante o dia. Leve Ana para a nossa casa, pois ela não deve ficar sozinha nesse momento.

Ana agradeceu a gentileza do irmão e todos se retiraram, ficando somente Lúcio que velaria pela mãe enferma naquela noite, assim como ela velara por ele e pela irmã tantas vezes.

Iara, os filhos e a cunhada chegaram em casa depois de uma rápida parada na casa de Ana que foi pegar algumas roupas e objetos pessoais.

— Bem, agora devo ligar para Guilherme a fim de informá-lo dos acontecimentos — disse Ana.

Capítulo 10

— Vamos ligar, então. Ainda é cedo. Talvez ele possa pegar um voo pela manhã — disse Mariana.

— Se bem conheço o meu filho ele tentará pegar o próximo voo! — disse Ana.

— Também acho — respondeu Iara entregando o telefone à cunhada.

— Obrigada. Vou tentar o celular.

Logo na primeira tentativa, Guilherme atendeu do outro lado.

— Guilherme?

— Olá, mamãe! Que bom ouvir a sua voz. Estava me arrumando. Vou sair para jantar. Mas, parece preocupada! Aconteceu alguma coisa?

— Sim, meu filho. A sua avó teve um aneurisma e está internada — disse Ana, que rapidamente colocou Guilherme a par da situação.

— Vou arrumar as minhas coisas e vou já para o aeroporto tentar pegar o próximo voo. Entro em contato assim que tiver alguma novidade. Cuide-se bem que logo estarei aí. Dê lembranças aos tios e primos. Um beijo, mamãe. Seja forte!

— Até breve, então, meu filho. Aguardo seu contato. Boa viagem, meu querido. Que Deus o abençoe.

Ana desligou, e Iara chamou para um lanche rápido. Mal haviam terminado quando tocou o telefone. Era Guilherme informando que conse-

Caminhos cruzados

guira passagem para o próximo voo e em breve estaria de volta. Ana suspirou aliviada.

— Vou buscá-lo no aeroporto — disse Rodrigo.

— Eu vou também — disse Mariana.

Iara sugeriu:

— Por que não vamos todos? Isto é, se Ana quiser nos acompanhar.

— Quero sim. Não adianta ficar aqui. Pelo menos nos distraímos enquanto aguardamos.

Logo todos se puseram a caminho, não sem antes comunicar Lúcio. Este ficou contente com a volta de Guilherme, pois além de ótimo médico ele era muito coerente. Achava que ficariam mais seguros com o sobrinho ao seu lado.

Em momentos de enfermidade nada melhor do que um médico de confiança por perto, pensou.

A viagem transcorreu sem atrasos, e logo Guilherme estava em terra firme. Foram direto ao hospital em busca de notícias. Por trabalhar nesse mesmo hospital, foi fácil conseguir falar com o colega médico que atendeu dona Magda, e também ver a avó que dormia profundamente. Ofereceu-se para passar a noite com ela, mas Lúcio disse:

— Você acabou de chegar de viagem, filho. Descanse e venha amanhã cedo.

Capítulo 10

Guilherme concordou com o tio, e foram todos para a casa de Iara e Lúcio. Achavam melhor ficarem todos juntos nesse momento tão difícil.

Iara preparou um chá e após uma prece todos foram dormir.

No hospital Lúcio também cochilava, e dona Magda teve uma noite tranquila.

Capítulo 11

Naquela manhã todos acordaram muito cedo. Alguns dias haviam se passado e dona Magda teria alta após o almoço. Lúcio não demorou em ligar a fim de dar notícias. Iara atendeu.

— Alô.
— Bom dia, querida. Como passou a noite?
— Bem, e você? Como está a sua mãe?
— Mamãe dormiu bem. Passou uma noite bem tranquila. Fiquei acordado até as duas horas e depois adormeci, pois vi que ela estava calma. Pude então descansar também.
— Vamos tomar café, e em seguida Ana, Guilherme e eu iremos ao hospital.
— E as *crianças*?
— Rodrigo e Mariana levarão Caio para a sessão de fisioterapia, e depois irão também para

Capítulo 11

o hospital. Ainda bem que eles já estão de férias, pois assim podem nos ajudar a cuidar de Caio.

— É verdade.

— Vou levar seu café da manhã e roupas limpas.

— Obrigado. Eu preciso passar na papelaria para tomar algumas providências, e não queria mesmo ter que passar em casa antes de ir. Dê um beijo em todos, e até já.

— Até já. Que Deus o abençoe. Quando a sua mãe acordar diga a ela que nós a amamos muito.

— Direi.

Iara desligou.

Tomaram café e saíram todos.

Quando chegaram ao hospital, Iara, Ana e Guilherme encontraram dona Magda acordada.

— Ela acabou de acordar — disse Lúcio alegre, cumprimentando a todos.

Todos se aproximaram da enferma.

— Como está, mamãe? — perguntou Ana.

Dona Magda acenou com a cabeça e se emocionou ao ver a família reunida.

— Não chore, dona Magda. Fique calma. Logo mais a senhora estará em casa — disse Iara também emocionada.

— Sabia que eu não ia deixar a senhora longe de casa por muito tempo, não é? — brincou Guilherme.

76

Caminhos cruzados

Não demorou muito para que os outros netos chegassem.

— Bom dia, vovó! — exclamaram os três a uma só voz.

A bondosa senhora sorriu e acenou com a cabeça. Um a um os netos foram beijá-la.

— Olha só como ela está bonita! — disse Caio.

Levaram dona Magda para a casa de Lúcio. A família se organizou a fim de que ninguém ficasse sobrecarregado. Cuidavam de tudo com alegria, dividiam os afazeres, e assim ficou mais fácil para todos.

Algumas semanas depois dona Magda começou a agir de forma diferente. Dizia ver os seus pais e o finado marido. Certa noite ela disse que os desencarnados viriam buscá-la em breve. Apesar do choque dessa revelação todos começaram a se preparar para a partida de dona Magda, que de fato ocorreu pouco depois.

Ela partiu serena e tranquila. Teve ao seu lado os entes queridos, que ficavam por perto o tempo todo, enchendo-a de carinhos e mimos.

Durante o velório tocou-se música suave e foram feitas várias preces. Os amigos do Centro Espírita vieram também orar a fim de auxiliar no desligamento de dona Magda. Se um médium

Capítulo 11

vidente entrasse no recinto veria o trabalho maravilhoso que estava acontecendo no local. Graças ao equilíbrio dos familiares e dos outros presentes tudo ocorreu da forma como deveria ocorrer sempre. Embora a dor estivesse presente nos corações, cada qual compreendia que dona Magda havia cumprido a sua missão na Terra, e que agora ela reencontraria outros afetos. Todos ali tinham a certeza de que o amor é um laço indestrutível que une os corações de maneira a que todos venham a se reencontrar um dia.

Dona Magda partiu em paz, e em paz ficaram aqueles que muito a amavam, desejando que ela se restabelecesse rapidamente no Plano Espiritual, e pudesse prosseguir na sua jornada, pois somos seres eternos, e somente o corpo físico perece.

Alguns órgãos de dona Magda foram doados, e após o enterro dos despojos todos foram à casa de Lúcio e Iara, onde passaram um bom tempo conversando com carinho a respeito da recém-desencarnada.

— Ana, Guilherme, fiquem conosco alguns dias — sugeriu Iara.

— Por mim aceito o convite, pois a casa estará muito triste sem a presença de mamãe. O que você acha, filho?

Caminhos cruzados

— Para mim está bem, se não formos incomodar.

— Não é incômodo hospedar aqueles que amamos — acrescentou Mariana.

Ficou então decidido que após alguns dias, quando Ana e Guilherme se acostumassem à ideia da ausência física de dona Magda, voltariam para casa a fim de prosseguirem nas suas tarefas.

Um mês havia se passado, e apesar da grande saudade cada qual seguia o seu caminho. Ana e Guilherme já haviam retornado à sua casa, mas visitavam a família de Lúcio diariamente. Certo dia, Iara comentou:

— Por que vocês não vêm ficar mais perto de nós?

— Você diz vender a casa?

— Por que não?

— Bem, na verdade a casa ficou mesmo muito grande só para nós dois.

Lúcio completou.

— Nós conversamos a esse respeito, e gostaríamos de sugerir que você e Guilherme ocupassem a casa que fica nos fundos da nossa. Ela está mesmo vazia... O que vocês acham?

Mariana disse entusiasmada:

— Se vocês vierem, pintaremos a casa e faremos pequenas reformas. E, se vocês não quiserem vender a casa de vocês, aluguem.

Capítulo 11

Ana riu, divertida com a euforia da sobrinha.

— Pelo jeito vocês já planejaram tudo! Vou falar com Guilherme e pensaremos no assunto com carinho. De qualquer maneira agradeço em meu nome e em nome dele pela preocupação e pela delicadeza de vocês. Que Jesus os abençoe hoje e sempre.

Capítulo 12

O jardim da casa de Ana e Guilherme estava colorido pelas flores que a primavera fizera nascer, enchendo de alegria os olhos e o coração de quem as contemplasse.

No dia seguinte ao do convite feito pelo irmão, Ana e Guilherme resolveram que se ficassem mais próximos dos familiares seria menos difícil conviver com a ausência física de dona Magda.

A casa na qual moravam foi colocada à venda, mas por fim decidiram não vendê-la para que Guilherme fosse morar lá quando viesse a se casar, uma vez que a mesma fora do seu pai.

A pequena casa que ora habitavam era de tamanho mais do que suficiente para que ambos se sentissem aconchegados e amparados. Resolveram pintá-la de branco por dentro e por fora, e

Capítulo 12

enchê-la de detalhes coloridos. Assim, o ambiente se tornava alegre e suave ao mesmo tempo. Ana arrumava tudo com capricho; contavam com o apoio dos familiares, e a nova vida dos dois acabou não sendo tão difícil quanto haviam imaginado. Tudo parecia se encaixar. Caio já voltara ao trabalho, às aulas e à evangelização. Embora se movesse com certa dificuldade já havia se acostumado ao fato, e nem se incomodava mais com as suas limitações. Aprendera que é necessário adaptar-se às circunstâncias e agradecer sempre a Deus pela misericórdia com a qual Ele nos brinda a cada instante.

Agora que a vida de Caio voltara à rotina, Iara sentia a casa vazia e triste. Por vários meses o filho estivera junto dela o tempo todo. Naturalmente, ela estava muito feliz pelo fato de ele poder voltar aos seus afazeres normais, mas sentia falta do companheiro. Felizmente, ainda lhe restava a companhia de Mariana e das meninas, que continuavam fazendo as suas visitas diárias.

Como será quando ela também passar mais tempo longe de mim? pensava. *Deverei me adaptar, e compreender que nós não "possuímos" aqueles que amamos. Na verdade, Deus nos presenteia com a companhia dos seres por quem temos afeto, mas é importante que não tenhamos apego, pois esse é um sentimento egoísta e prejudicial.*

Caminhos cruzados

Nossos filhos, e todos aqueles que amamos, são como pássaros; não devemos jamais cortar as suas asas, pois só assim eles poderão afastar-se de nós e voltar para o aconchego do nosso amor sempre que assim o desejarem.

— Mamãe?

— Oh! Sim. O que foi filha?

Mariana observava a mãe que lhe parecia distante dali.

— Está pensativa! Tudo bem?

Iara sorriu.

— Tudo, minha filha. Venha cá me dar um abraço.

Mãe e filha se abraçaram com ternura.

O telefone tocou. Era Felipe. Iara não conseguia se entusiasmar com esse namoro; seu coração de mãe pressentia dissabores.

Novamente se pôs a pensar.

Meu Deus, como será acordar pela manhã quando os três tiverem saído de casa?

Iara pôs-se a imaginar a situação, e uma lágrima caiu de seus olhos, fazendo-a despertar do devaneio.

Que vazio! Que tristeza! Devo me preparar desde já, pois não quero sofrer quando esse dia chegar.

Sorriu e pensou:

Posso voltar a trabalhar na papelaria se quiser. Certamente tudo ficará bem.

Capítulo 12

Mariana falava animadamente ao telefone. Eram cinco horas. A campainha tocou. Com certeza eram as meninas. Iara foi abrir a porta, e para sua surpresa um homem estranho a fitava. Ele lhe disse:

— Senhora, tenho fome. Pode me dar algo para comer?

— Claro. Espere um pouco.

Ela entrou, preparou um lanche caprichado, fez um café com leite e voltou rapidamente. O homem agradeceu e se afastou.

Quando ia entrar ouviu as meninas chamando.

— Olá, tia Iara! Estava nos esperando?

Sorrindo, Iara convidou-as a entrarem. Mariana acabara de desligar o telefone. Mônica que continuava interessada em Caio nunca ia embora antes que ele chegasse do trabalho. Os dois se amavam muito, mas ainda não namoravam. Mônica sempre fora muito discreta, e achava que era suficiente amá-lo e poder vê-lo. Caio por sua vez, não queria simplesmente namorar. Sonhava em casar-se com Mônica. Esperava pela sua total recuperação a fim de poder voltar às suas atividades normais e concretizar os seus planos. Ambos tinham certeza de que ficariam juntos. Era só uma questão de tempo.

Capítulo 13

Embora na ocasião tivesse ficado assustada e impressionada com o sonho que tivera, Mariana continuou se encontrando com Felipe. Bastava vê-lo para que seus temores se dissipassem.

Lúcio, por sua vez, continuava tentando descobrir um pouco mais sobre o rapaz, que viria novamente à casa da família no próximo final de semana.

O domingo chegou. O almoço seria servido em instantes. Quando se dirigiam à mesa, procurando parecer casual, Lúcio perguntou a Felipe:

— Como é o nome do seu pai?

Felipe pareceu gaguejar e não ter uma resposta. Olhou para Lúcio com jeito abobado, e este repetiu a pergunta.

— Não me lembro de como disse que seu pai se chamava.

Capítulo 13

— Eu disse? Será?

— Por que tanto mistério? Você tem um pai, ou não?

— Na verdade não — respondeu o rapaz medindo as palavras. É que ele, o meu pai, nos abandonou, a mim e a minha mãe quando eu era ainda criança. Não nos vemos há anos. Ele tem outra família e vive no Sul.

— E a sua mãe, o que faz?

— Minha mãe é dona de uma loja... É isso: ela tem uma loja.

— Ah, sim? Loja de quê?

— De roupas, quer dizer, de presentes. Sei lá. Tem um pouco de tudo. É uma loja pequena, mas muito bonita.

— Você nunca me disse onde é a loja — disse Mariana. Gostaria de conhecê-la. Poderíamos fazer umas compras, não é, mamãe?

— Claro — respondeu Iara trocando um olhar significativo com o marido.

— Dê o endereço para irmos conhecer a loja da sua mãe — disse Iara, encarando o rapaz de um jeito meio desafiador.

— É que não tenho o endereço. Na verdade a loja fica meio longe daqui.

— Nenhum lugar é longe. Nós não iremos a pé. Depois do almoço quero que ligue para a sua

Caminhos cruzados

mãe e pergunte o endereço da loja, pois quero conhecer a loja e a sua mãe — respondeu Iara demonstrando certa irritação na voz.

O rapaz parecia não ter mais argumentos. Crispou a boca, e lançou um olhar fulminante para Iara. Tal atitude não passou despercebida pela família, que na verdade tolerava o rapaz cada vez menos. Achavam-no irônico, mentiroso e arrogante.

Após o almoço Felipe fingiu ligar para a mãe, e finalmente disse que ela não estava em casa.

— Tente o celular — disse Mariana.

— Minha mãe não tem um celular — respondeu o rapaz já sem paciência. Não sei o porquê dessa insistência. Já disse que é uma loja pequena. Não tem nada para se ver por lá.

— Se fosse assim, o negócio da sua mãe já teria fechado — disse Iara retirando-se, e fazendo um sinal para que o marido a acompanhasse.

Quando estavam a sós ela finalmente deu vazão aos seus pensamentos.

— Afinal, quem será esse fedelho mal- educado e arrogante? De onde ele vem, e que motivos teria para não querer nos apresentar seus pais?

— É isso que estou tentando descobrir. Parece que saiu do nada. Nenhuma das pessoas que conhecemos sabe quem ele é. Ninguém ouviu

Capítulo 13

falar dele em lugar algum. Liguei na faculdade onde ele diz que estuda e informaram que não há ninguém com esse nome por lá.

— Você não me contou isso.

— Queria ter certeza do que falo para não preocupá-la à toa.

— Isso significa que ou o nome é falso, ou ele mente a respeito de estar estudando. Não entendo. Por que faria isso?

— Para impressionar Mariana.

Todos fingiram esquecer-se do assunto relacionado à loja da mãe de Felipe, mas em cada um ficou a dúvida. Afinal, que motivos teria o rapaz para não querer que as duas famílias se aproximassem?

Capítulo 14

O luar iluminava as ruas, e as estrelas cintilavam enfeitando o céu. No pronto socorro do hospital onde Guilherme trabalhava havia muito movimento naquela madrugada. O corre-corre era grande. Pessoas imprudentes haviam causado acidentes, outros tantos foram atropelados, alguns chegavam dopados, enfim, eram cenas por vezes chocantes, por vezes bizarras ou cômicas.

— O senhor precisa deixar que cuidemos dos seus ferimentos. Se não o fizermos irá piorar.

Era Guilherme que tentava convencer um ancião a deixá-lo fazer curativos. O pobre homem tropeçara no banheiro e levara uma queda na qual ferira seu rosto.

— Tenho horror a hospitais! Quero ir embora logo — argumentava o velhinho.

Capítulo 14

A filha, já sem paciência, havia saído de perto.

— Então, quanto mais rápido terminarmos, mais rápido poderá ir para casa — dizia Guilherme pacientemente.

Por fim, o homem deixou que o jovem médico cuidasse dele e saiu do consultório agradecendo:

— Doutor, suas mãos são mágicas, pois eu nem senti dor! Seria bom se todos os médicos tivessem a sua paciência.

A filha do homem agradeceu a Guilherme, e ambos se foram dali. No mesmo instante, o rapaz ouviu seu nome:

— Rápido Doutor Guilherme! Temos aqui um jovem que bebeu demais e está todo machucado. Parece que levou uma surra. Alguns rapazes largaram-no aqui e foram embora.

Guilherme foi até o paciente, e qual não foi a sua surpresa ao reconhecer Felipe, que estava com um olho roxo, tinha vários cortes no rosto, exalava forte odor de bebida, e gemia de dor.

Ciente do seu dever como médico procedeu ao atendimento de maneira rápida e eficaz. Pediu que verificassem se o paciente portava algum documento a fim de que avisassem à família. Não tardou e surgiu um senhor aflito procurando por Felipe. Ele estava acompanhado da esposa.

Caminhos cruzados

— Boa noite, Doutor, somos os pais de Felipe, o rapaz que o senhor atendeu. Como está nosso filho? Em rápida e intuitiva análise Guilherme concluiu que os pais pareciam pessoas boas. Após colocar ambos a par da situação procurou obter algumas informações sobre o rapaz. Logo ficou sabendo que o comportamento de Felipe não agradava aos pais, e que ele andava nervoso pelo fato de o pai chamá-lo à razão com frequência.

Envergonhados, eles disseram que Felipe andava bebendo muito ultimamente, e que essa era a terceira vez que ele se embriagava a ponto de fazer com que eles tivessem que ir buscá-lo em um hospital.

— Parece que as coisas fugiram ao controle do meu filho — disse a mãe tristemente.

Ela chorava baixinho, e Guilherme ficou sinceramente comovido com a situação. Agora tinha certeza de que Felipe era mesmo uma pessoa desajustada, e de que a prima havia se envolvido com um mau-caráter.

Devido ao seu estado, Felipe nem havia se dado conta de que o primo da sua namorada o atendera no hospital. Dessa forma, Guilherme preferiu também guardar silêncio. Sentia que assim seria melhor, pois talvez agora a família pudesse descobrir quem afinal era esse Felipe.

91

Capítulo 14

Acabado o plantão, Guilherme foi para casa e conversou com a mãe; contou a ela tudo o que ocorrera. Ana ficou chocada, mas ao mesmo tempo parecia já esperar que alguma situação desse tipo acontecesse a qualquer momento.

— O que faremos, mãe? Se contarmos para Mariana ela achará que estamos contra ela como todos os outros da família. Ela anda meio arisca ultimamente.

— É verdade, filho. Creio que no fundo ela sabe que esse rapaz é uma encrenca ambulante. Mas, como explicar a uma jovem apaixonada que as coisas são bem diferentes do que ela imagina?

— Fiquei com tanta pena dos pais dele! A mãe chorava baixinho, e eu pude sentir a dor dela no meu peito. Seus olhos eram tão tristes! E o pai? Estava tão aflito! Percebi como ficou aliviado quando viu o filho fora de perigo, embora em estado deplorável. Felipe disse que o pai os havia abandonado há muitos anos. Que sujeito mentiroso!

— Agora sabemos que ele esconde os pais porque não quer que fiquemos sabendo das coisas erradas que faz. Se as famílias tivessem contato ele não conseguiria manipular as situações como tenta fazer o tempo todo.

— O pai disse que ele anda muito agressivo.

Caminhos cruzados

— Isso é preocupante — disse Ana. Bem, vá descansar. Haveremos de encontrar um jeito de resolver essa situação. Por ora, vamos tentar observar esse rapaz. Depois contaremos a Iara e Lúcio sobre o ocorrido.

— Você sabe se ele virá no fim de semana?

— Sim, virá para o almoço. Aliás, Iara já nos convidou para almoçarmos com eles no domingo.

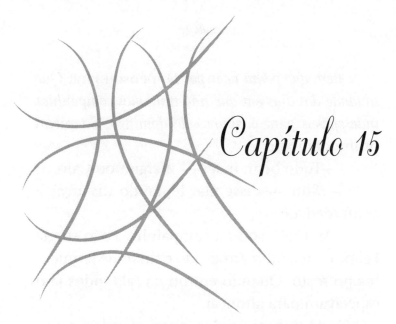

Capítulo 15

Naquela manhã de domingo o sol brilhava espalhando generosamente sua luz e seu calor. O dia estava lindo!

Anime-se, disse Iara para si mesma. *De nada adianta ficar com essa cara de desânimo. Faça uma prece e prepare-se para enfrentar a "fera".*

Apesar do seu descontentamento, sorriu para o espelho, e sentiu-se melhor. Fez uma prece de agradecimento pelo novo dia e foi preparar o café da manhã. Logo todos os filhos estavam à mesa.

— Bom dia! — disse Lúcio jovialmente.

— Bom dia! — responderam os filhos dando-lhe um beijo.

Mariana comentou:

— Felipe vai se atrasar um pouco. Precisa passar na casa de um amigo antes de vir para cá.

Capítulo 15

Bem que podia ficar por lá, pensou Iara. *Que saudade dos dias em que não tínhamos companhias indesejáveis para o almoço de domingo.* Suspirou profundamente.

— Tudo bem, mãe? — perguntou Caio.

— Sim — disse ela, tentando disfarçar a contrariedade.

Às 12:45 soou a campainha. Logo surgia Felipe com o olho arroxeado e sinais de ferimentos no rosto. Quando entrou na sala todos já o esperavam para almoçar.

— O que foi isso? — perguntou Lúcio surpreso.

— Caí da bicicleta — mentiu Felipe.

Ana e o filho trocaram significativo olhar que não passou despercebido de Iara.

A presença de Guilherme e Ana fez com que o almoço transcorresse tranquilamente.

À tarde Mariana e Felipe ficaram conversando no jardim.

Os outros familiares puseram-se a conversar animadamente, depois assistiram a um filme. Ana e Guilherme ainda não haviam comentado sobre o que ocorrera no hospital.

Mariana e o namorado entraram em casa e Iara serviu um bolo. Enquanto todos conversavam Guilherme observava o rapaz. Fez-lhe algumas perguntas como se não soubesse nada sobre ele. Aproveitou-se do fato de que não o vira muitas vezes e de que nunca haviam conversado para ver se ele cairia em contradição novamente. Quando Felipe disse onde estudava os gêmeos se entreolharam surpresos, mas nada disseram. Era outra faculdade, e o curso também era outro. Nesse momento Mariana não estava presente, e por isso nem ficou sabendo do que ocorrera.

— E seus pais, o que fazem?

— Minha mãe tem uma loja e meu pai é arquiteto. Ele trabalha em casa. Faz ótimos projetos. Se um dia precisarem, podem ter certeza de que ele é o melhor!

Felipe disse isso com orgulho. Parecia até que o pai era um grande amigo seu.

— Mas...

Lúcio cutucou levemente a esposa para que ela não completasse a ideia. Ela pensou:

Ele havia dito que o pai havia deixado a família, e agora dizia que ele trabalhava em casa?! Não é possível que eu tenha entendido errado.

— Sim, dona Iara?

— Ia só perguntar se quer mais um pedaço de bolo — disse ela meio atarantada.

— Quero sim. Está uma delícia!

Capítulo 15

Iara serviu o bolo e sentou-se estupefata.

Finda a tarde, chegou a hora de fazer o Evangelho no Lar. Como Felipe ainda não havia ido embora, Lúcio convidou-o a participar. Para sua surpresa, o rapaz concordou prontamente. A lição da noite fazia parte do capítulo *Honrar pai e mãe*. Felipe ficara calado todo o tempo, mas Caio observou que em certo momento ele deixara cair uma lágrima.

Capítulo 16

No dia seguinte, antes de ir para o hospital, Guilherme foi falar com a tia.

— Bom dia, meu querido!

O rapaz beijou Iara com carinho. Ela retribuiu o beijo, e abraçando-o, perguntou:

— Dormiu bem?

— Sim. Como uma pedra! — disse o rapaz rindo.

— Sua mãe já está no hospital, não?

— Sim. Eu estou indo para lá agora.

— Já comeu alguma coisa? Aceita um café?

— Hoje vou tomar café no hospital — disse Guilherme com ar de brincadeira.

— Ah, é? Claro que não! Venha, eu estava mesmo preparando um café fresquinho.

Capítulo 16

Iara deu uma piscadela. Quando não tomava o café da manhã com a mãe o rapaz sempre ia à casa da tia. Considerava Iara uma mãe também, e os primos eram os irmãos que ele não tivera.

Naquela manhã, Iara percebeu que o rapaz estava querendo dizer algo.

— O que foi, Guilherme? Está com algum problema, meu filho? Quer me contar algo, não quer?

— Está sozinha, tia? Todos já saíram?

— Sim.

Em poucas palavras Guilherme contou à tia o que se passara no hospital, e ela se desesperou.

— Calma, tia, não fique assim. Acharemos uma solução. Minha mãe e eu queríamos ter contado ontem, mas não tivemos oportunidade. Não queríamos que Mariana ouvisse, pois afinal, ela está muito envolvida com esse Felipe.

— Você sabe que eu não gosto dele. Sei que fará Mariana sofrer e que trará tristeza a todos nós. Sinto que ele também não gosta de nós. Acho que gosta de Mariana, ou pelo menos pensa que gosta...

Carinhosamente, Guilherme abraçou a tia que agora chorava convulsivamente. Era bom poder desabafar junto a um coração amigo.

Iara se recompôs e perguntou:

— Você não está atrasado para o trabalho?

Caminhos cruzados

— Não. Hoje vou entrar um pouco mais tarde.

— Conversarei com o seu tio logo mais e contarei a ele o que você me relatou. O que achou de tudo isso?

— Para dizer a verdade, acho tudo muito estranho. Os pais de Felipe me pareceram boas pessoas. Percebi que estão preocupados com a mudança para pior do filho e que eles não sabem o que fazer para ajudá-lo. Ele está com raiva do pai porque este chama a sua atenção com muita frequência.

— Como deve estar sendo difícil para eles! Imagine só o seu filho de repente virar outra pessoa, um desconhecido. Será que se nós os procurássemos e falássemos com eles poderíamos encontrar uma solução para ajudar esse rapaz? Eu não gosto dele, mas não quero o seu mal.

— Sinceramente não sei. Acho que precisamos pensar e analisar tudo isso para decidir o que fazer.

— Você tem razão. Vou falar com Lúcio e depois combinamos para conversarmos todos juntos. O que acha?

— Acho ótimo.

— Vou ligar para Lúcio e pedir a ele que venha para casa assim que puder. Conversaremos com calma antes que seus primos voltem da faculdade.

Capítulo 16

Guilherme despediu-se da tia e esta ligou para o marido que chegou em poucos minutos. Colocou Lúcio a par da situação, e ambos decidiram que à noite iriam à casa de Guilherme e Ana e chamariam Caio e Rodrigo para contar a eles o que acontecera. Mariana estava em época de provas e estaria ocupada estudando com as meninas; assim, poderiam conversar tranquilamente longe dela. Tudo saiu como esperado e à noite todos estavam reunidos na casa de Ana e Guilherme.

Caio e Rodrigo ficaram surpresos pelo modo como tudo havia acontecido, mas o conteúdo da narrativa não os surpreendeu.

— Sempre soubemos que havia algo errado com Felipe. Agora pelo menos as coisas começam a fazer mais sentido.

— Tenho certeza de que benfeitores espirituais encaminharam Felipe para que você o atendesse, Guilherme. Nós não podíamos mais ficar nessa angústia de não saber o que se passa e de ficar fazendo suposições infundadas. Ao menos, agora temos certeza de que não estamos enganados e de que não estamos simplesmente enciumados como diz Mariana.

— É verdade — disse Lúcio. Sei que todos temos orado para que pudéssemos entender o que está acontecendo. Muitos não acreditam no poder da oração, o que é uma pena. O espírito de Joanna de Ângelis, em uma das mensagens psicografadas por Divaldo Pereira Franco nos adverte, *Adquire o hábito de orar, incorpora-o aos outros mecanismos naturais da tua existência e constatarás os benefícios disso decorrentes.*

— Como são profundas essas palavras! — disse Ana.

— O livro onde está essa mensagem chama-se *Vida Feliz* — completou Guilherme.

— Não é reconfortante saber que os Espíritos Superiores se preocupam conosco? A literatura espírita está repleta de bons livros de mensagens, romances e estudo — disse Rodrigo.

A conversa transcorreu de maneira leve e alegre por mais alguns minutos. Quanto ao tema inicial da reunião, ficou decidido que todos ficariam atentos e se comunicariam caso tivessem alguma ideia que pudesse ajudar Felipe e seus pais.

Capítulo 17

Felipe foi se tornando cada vez mais estranho. Mariana, como se tivesse uma venda sobre os olhos, não notava que havia algo errado.

Com a desculpa de estar muito ocupada por causa da faculdade, afastava-se cada vez mais do centro espírita e das orações. Dessa forma, ela ficava cada vez mais envolvida por Felipe e pelos seus companheiros do outro lado da vida — espíritos perturbados com os quais ele possuía afinidade desde outras encarnações.

Cabe aqui uma explicação. Não queremos dizer que uma pessoa que não frequente uma casa espírita fique à mercê dos espíritos zombeteiros ou mal intencionados. Acontece que o ambiente da

Capítulo 17

casa espírita é benéfico na medida em que vamos adquirindo mais conhecimentos, recebendo passes espirituais, e nos fortalecendo para enfrentar esses desafios.

Estamos sempre cercados de energia positiva e negativa, e o que faz diferença em nossas vidas é a maneira como lidamos com essas energias. Daí ser importante que estejamos cientes de que podemos nos sintonizar com as energias positivas ou negativas, como alguém que muda um canal de televisão ou uma estação de radio.

Na verdade, frequentar um centro espírita não basta por si só. É necessário que a criatura esteja disposta a mudar, fazer a Reforma Íntima, conforme as bases lançadas por Allan Kardec em O Livro dos Espíritos, pergunta 919.

Nota da autora espiritual

Mariana, afastando-se da prática mediúnica, não mais em sintonia com os benfeitores espirituais, ia pouco a pouco encontrando sintonia com entidades menos esclarecidas que passaram a influenciar os seus pensamentos.

Logo os familiares começaram a notar que Mariana estava cada vez mais agitada e nervosa. Tinha repentes de choro, e não havia o que a fizesse raciocinar de maneira lógica.

Caminhos cruzados

O leitor pode estar se indagando como alguém aparentemente *deixa de ser protegido* pelos benfeitores espirituais. Não é assim. O que ocorre, é que nós temos o livre arbítrio, e podemos nos ligar a quem quisermos e da forma como quisermos. Por isso, é importante buscarmos sempre os bons ambientes, as boas leituras e os bons pensamentos.

Nota da autora espiritual

Capítulo 18

Certo domingo, dia em que Felipe costumava vir para o almoço com a família de Mariana, ele parecia um tanto transtornado. Fitava o vazio, e tremia como se tivesse muito frio. Ana e Guilherme ficaram atentos. Miraram-se atônitos, e instintivamente não desgrudaram os olhos do rapaz durante todo o tempo em que ele ficou na casa.

Após o almoço, Mariana disse que o namorado não se sentia bem e iria embora. Pressentindo um estrago maior, Guilherme convenceu Felipe a ficar recostado em um canto da sala. Sabia que o rapaz deveria ficar sob vigilância para o caso de precisar de algum cuidado.

No final da tarde, Felipe parecia melhor. Guilherme quis levá-lo para casa, mas ele recusou a oferta. No entanto, sentia-se fraco, e acabou

Capítulo 18

cedendo, mas com a condição de que Mariana ficasse. Ela não entendeu o motivo de tal exigência, mas como viu que ele não se sentia bem resolveu não discutir naquele momento.

Guilherme dirigiu o carro de Felipe, enquanto Caio e Rodrigo os seguiam a fim de trazer o primo de volta. Durante o trajeto, Guilherme tentou conversar com Felipe, mas ele, sentindo-se acuado, falava sobre trivialidades, não dando abertura para qualquer pergunta ou observação que o fizesse falar algo que não desejasse.

Nesse ínterim, na casa de Mariana, benfeitores espirituais tentavam aproximar-se dela, a fim de dizer a ela que prestasse atenção, que analisasse a situação. Afinal, ela vira que Felipe ali estava em estado de fazer dó, sem que ninguém — aparentemente — soubesse o que se passava com ele.

Como se um sol se abrisse em sua mente, ela teve a sensação de que algo estava muito errado. Mas, no mesmo instante em que os amigos espirituais tentavam alertá-la, uma das entidades que acompanhavam Felipe se aproximou e sugeriu que isso era uma bobagem e que não havia motivo algum para preocupação.

Felipe está em época de provas e tem estudado muito, por isso está estressado e fraco. Vou dizer a ele que tome algumas vitaminas.

Caminhos cruzados

E assim pensando, disse aos familiares que iria deitar-se.

— Espere os meninos chegarem. Faremos o Evangelho no Lar e aí poderá deitar-se.

Mais uma vez os benfeitores espirituais tentaram intuí-la para que ficasse, mas de novo ela deu ouvidos aos espíritos mal intencionados. Foi deitar-se sem fazer as suas orações e adormeceu.

Os rapazes chegaram a tempo da reunião. Rodrigo mal terminara a prece de encerramento quando ouviram os gritos de Mariana.

Outra vez ela tivera o sonho já narrado anteriormente, no qual Felipe, com outra aparência, e em outra encarnação, a agredia. Dessa vez o sonho continuou.

Após agredir Mariana, não contente com o que fizera, o brutamonte continuou batendo nela, quando outro homem entrou, e enfrentou Felipe. Embora tivesse uma aparência diferente da atual, ela reconheceu Lúcio, que gritando com Felipe procurava trazê-lo à razão. Viu então ao seu lado a mãe e o filhinho. Observando melhor, notou tratar-se de Iara e Caio.

Os dois homens continuaram discutindo; Lúcio perdeu a paciência e empurrou Felipe. Este, em estado de demência total, preparou-se para dar um murro em Lúcio, mas, devido ao

111

Capítulo 18

estado de embriaguez em que se encontrava, quando foi desferir o golpe, tropeçou e bateu a cabeça com tanta força que desencarnou quase imediatamente.

No sonho, Mariana viu o espírito de Felipe saindo do corpo inerte que jazia no chão. Ele levantava o braço e gritava, ameaçando Lúcio.

— Miserável. Haverás de me pagar! Jamais deixarei em paz a ti ou a qualquer outro da tua infame família!

Mariana, assustada com o sonho, parecia não conseguir acordar. Ela estava histérica; tremia e gritava de horror. Guilherme aproximou-se dela devagar, e conversando amorosamente fez com que ela voltasse à realidade. Ela abraçou o primo e seu corpo convulsionado parou de tremer.

— Conte-nos o que aconteceu. Por que está tão assustada?

Mariana viu a família reunida ao seu redor, e sem raciocinar contou sobre o ocorrido.

Todos se entreolharam preocupados: ninguém gostou do que ouviu.

— Agora procure dormir, filha. Ficaremos aqui com você até que adormeça — disse Iara beijando as faces quentes de Mariana.

Com um sorriso sem graça, ela disse:

— Com vocês ao meu lado acho que estarei bem protegida!

Caminhos cruzados

— Que tal fazermos uma prece? — sugeriu Ana.

— Estou cansada — respondeu Mariana.

Nesse momento, desencarnados zombeteiros gargalhavam estrondosamente. A cada vez que alguma situação desse tipo se apresentava eles anotavam em um caderno que carregavam, e iam *contando os pontos* para ver quantas vezes por dia Mariana caía em suas ciladas. Sempre que isso acontecia eles comemoravam.

— Faremos uma pequena prece que com certeza ajudará você a dormir melhor — acrescentou Iara de maneira firme.

E assim, sem dar mais espaço para qualquer comentário, ela começou:

Pai celestial, que a Sua bondade se estenda sobre nós. Fortaleça-nos para que sempre possamos escolher o melhor caminho e para que nossos passos nunca se afastem da luz do nosso amado Mestre Jesus.

Permita, Senhor, que Mariana tenha uma boa noite de sono. Que seu corpo físico possa repousar enquanto seu espírito recebe as orientações que ela necessita nesse momento.

Enquanto Iara fazia a prece, benfeitores espirituais aplicavam passes magnéticos em Mariana e logo ela adormecia, sendo levada por eles.

Todos se retiraram do quarto e Iara apagou a luz. Seu coração de mãe sentia que ainda haveria

Capítulo 18

muitos obstáculos a transpor. Ela suspirou, fechou a porta do quarto e foi juntar-se aos outros. Ainda era cedo, por isso ficaram conversando mais um pouco.

— Aceitam um chá?

Todos foram para a cozinha, e enquanto Iara preparava o chá conversavam sobre o ocorrido.

— Não estou gostando disso — disse Lúcio contrariado. Para ser franco eu nunca gostei desse Felipe. Desde a primeira vez em que o vi pareceu-me que de certa forma debochava de nós. Ele é insolente, parece nos testar o tempo todo.

— Embora eu ache que não devamos julgar ninguém, devo concordar com você — acrescentou Iara. Ele sempre nos observa como se detestasse estar na nossa presença. Já tentei mudar a minha opinião, já tentei transmitir uma energia diferente para ele, mas parece que nada funciona!

Um a um, todos acabaram concordando que havia algo muito estranho com o rapaz.

— Não é possível que todos nós estejamos enganados. Além do mais, há o episódio ocorrido no hospital. Guilherme examinou Felipe e sabe muito bem o que diagnosticou.

— Pois é. O pior de tudo é que Mariana não enxerga nada disso. Outro dia eu quis falar com ela sobre o assunto e ela disse que nós somos um

Caminhos cruzados

bando de chatos, que nos intrometemos demais nas coisas, e que ela não quer palpites na vida dela — disse Rodrigo entristecido.

— Assim fica mais difícil — disse Ana com ar de preocupação. Temos que ter cuidado para que ela não se volte contra nós.

— Verdade. Se ela ficar contra nós ele a dominará completamente — concluiu Iara.

Capítulo 19

Na manhã seguinte, todos saíram para seus afazeres quando Lúcio voltou inesperadamente.
— Esqueceu alguma coisa? — perguntou Iara.
— Não. É que tive uma ideia. Sabe se Ana e Guilherme ainda estão em casa?
— Estão.
— Venha, vamos falar com eles. É sobre Felipe.

Tocaram a campainha e Ana veio à porta com um sorriso.
— Entrem meus queridos, vocês chegaram bem na hora! Estou fazendo café.

Após os cumprimentos, ambos entraram. Guilherme estava sentado à mesa.
— Desculpem incomodar logo cedo e vir assim sem avisar.

Capítulo 19

— O que é isso? Vamos deixar de cerimônias, tio! — disse Guilherme sorrindo. Só não dividimos o mesmo espaço, mas somos todos da mesma casa — brincou.

Sentaram-se todos e Lúcio disse que tivera uma ideia para que tentassem desmascarar Felipe, e assim, quem sabe, trazer Mariana à razão.

— Pensei que eu poderia seguir Felipe quando ele vier aqui novamente. Como ele conhece meu carro, pensei em pedir que um de vocês me empreste o seu. Fariam isso por mim?

— Seguir o rapaz? Isso parece filme! Vamos bancar os detetives? — perguntou Iara surpresa.

— Vou com você — disse Ana decidida.

— Não, mamãe. Deixe que eu vá.

— Talvez seja melhor. Você é mais calmo do que eu. Acho que eu ficaria assustada se acontecesse algo inesperado — ponderou Ana.

Lúcio e Guilherme combinaram os detalhes, e aguardaram o fim de semana seguinte para colocar o seu plano em prática. Tiveram sorte, pois Felipe veio no domingo logo após o almoço, mas disse que só estava dando uma passada, porque tinha que resolver uns assuntos urgentes a pedido da mãe.

Quando o rapaz deixou a casa, ambos já estavam dentro do carro. Seguiram-no a uma distância discreta.

Caminhos cruzados

Felipe dirigia com displicência, passando por sinais vermelhos e desrespeitando os limites de velocidade. Por pouco não atropelou uma mulher que atravessava a rua empurrando um carrinho de bebê.

— Que sujeito inconsequente! Como pode alguém dirigir dessa maneira? Além de não pensar nos outros parece não ter amor à própria vida! — disse Lúcio irritado.

— Nem me diga. Sinto-me realmente em um filme, como disse titia.

— Eu nunca na vida havia cruzado um sinal vermelho de propósito. Por sorte hoje é domingo e não há muito trânsito, pois se houvesse creio que ele sairia ainda mais alucinado tentando cortar os carros ou fazer manobras ainda mais perigosas.

— Que absurdo! Esse rapaz não tem juízo!

— Marque bem esta data, Guilherme. Se for multado tenha certeza de que pagarei por tudo. Infelizmente, se não acompanharmos o ritmo desse maluco nós o perderemos de vista.

De repente, Felipe parou em determinada rua e entrou em uma casa simples. Era um bairro afastado que ficava na direção oposta em que ele morava.

— Será que ele mudou?

— Vamos ver. Anote o endereço, tio. Vamos esperar um pouco para ver o que acontece.

Capítulo 19

Minutos depois Felipe saiu da casa com um pacote na mão, entrou no carro e seguiu rumo a outro bairro que ficava mais adiante.

Agora ele já não dirigia da forma como fizera antes. Parecia até que havia outra pessoa ao volante.

— Que estranho — comentou Guilherme. Como pode agora estar dirigindo normalmente?

— Esquisito mesmo — respondeu Lúcio intrigado. O que será que ele pretende? Terá percebido que estava sendo seguido e tentou nos despistar?

— Ao menos ele não conhece o meu carro. Caso tenha percebido não saberá que éramos nós.

Guilherme parou de repente, imitando o gesto de Felipe. O rapaz havia estacionado perto de uma boate. Desceu, olhou para os lados, e logo dois jovens se aproximaram dele.

Lúcio, que havia trazido binóculos, pôde ver quando ele entregou algo aos rapazes e recebeu dinheiro em troca. Em seguida, entrou no carro rapidamente, seguiu para uma rua próxima dali, e a cena se repetiu.

— Meu Deus, ele deve ser traficante! — disse Lúcio assustado.

Pouco depois, Felipe entrou novamente no carro e seguiu para outro local.

120

Caminhos cruzados

Em seguida, o rapaz se dirigiu ao bairro onde morava. Chegou a um prédio e abriu a garagem. Guilherme confirmou ser o lugar no qual ele o havia deixado dias antes. Esperaram um pouco para ver se ele sairia outra vez, e como não o fizesse, Lúcio decidiu falar com o porteiro do prédio.

— Senhor, pode me informar se aquele rapaz que entrou com o carro vermelho era Felipe?

— Era sim.

— Ah, bem que eu o reconheci — disse Lúcio fingindo alegria. Será que o pai dele está em casa? Nós estudamos juntos. Somos velhos conhecidos.

O porteiro pareceu surpreso. Perguntou:

— Mas faz algum tempo que o senhor não o vê, não faz?

— Bem, na verdade faz bastante tempo que não nos falamos.

— Acredito, pois ele morreu.

— É mesmo? Estava doente?

Lúcio continuou conversando com o porteiro, e este lhe passou informações que o deixaram atônito.

— Por favor, não vá contar a Felipe o que eu disse, senão perco o emprego — pediu o porteiro.

— Fique sossegado. Ele nem saberá que estive aqui. Muito obrigado.

Ambos se despediram, sem imaginar que benfeitores espirituais haviam intuído o porteiro a

Capítulo 19

contar o que sabia, a fim de que Lúcio descobrisse tudo o que estava se passando.

Guilherme, que esperava no carro, ficou chocado com as revelações que o homem fizera ao tio.

Ao chegarem a casa, Lúcio reuniu a família e contou tudo o que ocorrera.

Mariana havia ido ao cinema com Mônica e Laura e demoraria um pouco mais para voltar.

— Esse rapaz é perigoso — começou Lúcio.

— Além de dirigir como um louco — acrescentou Guilherme.

Todos ficaram estupefatos após o relato de Lúcio.

— O que fazemos? Contamos a Mariana?

— Acho que quanto antes melhor — disse Caio.

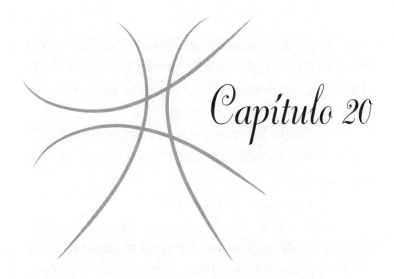

Capítulo 20

Rodrigo e Caio foram buscar a irmã e as meninas no cinema. Assim que chegaram em casa Mariana percebeu que algo não estava bem.

— Que caras! Aconteceu alguma coisa?

— Precisamos conversar com você — disse Iara.

— Agora não. Estou cansada.

Fez menção de retirar-se, mas Lúcio segurou-a pelo braço fazendo-a sentar-se.

— Você fica. Temos algumas coisas muito graves para contar sobre Felipe.

Ela levantou-se bruscamente e disse:

— Não vou ouvir nada. Vocês não gostam dele, e eu não quero saber de fofoca.

— Cale-se e escute — disse Caio com firmeza.

Capítulo 20

Mariana assustou-se. Nunca havia visto o irmão tão irritado. E ele nunca havia lhe falado dessa maneira. Achou melhor não discutir. Sentou-se e Lúcio perguntou:

— Onde foi mesmo que conheceu Felipe?

— Na faculdade. Ele é conhecido de uns rapazes de lá.

— Que tipo de rapazes?

— Como assim? Estudantes, rapazes comuns.

— Você já prestou atenção nesses rapazes? — perguntou Ana. Quero dizer, eles parecem rapazes do tipo dos seus irmãos?

— Não. São rapazes meio diferentes, bastante reservados.

— Reservados por quê?

— Não sei. Eles têm o seu próprio círculo de amizades do qual eu não faço parte.

— Você acha que eles usam drogas?

Mariana ficou quieta. Olhava para o chão e de repente parecia distante dali.

— Responda! — ordenou Caio irritado.

— Bem, na verdade corre um boato que sim. Mas o que isso tem a ver com Felipe? — perguntou. No mesmo instante, Mariana sentiu-se tonta.

— Oh, não! Será que Felipe é viciado?

— Ele é mais do que isso, filha. É um traficante — respondeu Lúcio.

124

Caminhos cruzados

— Não pode ser. Vocês devem estar enganados!

— Gostaríamos de estar, mas infelizmente não estamos.

Guilherme contou sobre a casa na qual Felipe havia entrado, sobre os rapazes na rua e de ter visto Felipe ser pago pelos rapazes.

— E isso se repetiu em seguida perto dali — completou.

Lúcio contou o que o porteiro lhe dissera.

— Felipe mora com a mãe. Ela tem uma loja muito boa em um bairro elegante. O pai desencarnou faz pouco tempo. Não há provas, mas acredita-se que Felipe ocasionou a morte do pai.

— Como? Ele o matou? — perguntou Mariana que chorava.

— Bem, o pai de Felipe sofria do coração e estava se recuperando de uma cirurgia quando os vizinhos ouviram Felipe ameaçá-lo de morte durante uma discussão. Logo depois que os gritos cessaram, Felipe chamou um dos vizinhos que é médico, mas seu pai já estava morto. Desconfiam que ele foi sufocado.

O porteiro informou ainda que as brigas eram constantes, devido ao comportamento de Felipe.

— Mas, qual foi o laudo médico? — perguntou Mariana.

125

Capítulo 20

— Bem, os vizinhos têm medo de Felipe, pois às vezes dizem que tem uns ataques, quebra e chuta tudo pelo apartamento. Dizem que parece um louco. Além disso, testemunhas viram quando ele falou para o médico: *Meu pai teve um ataque cardíaco, certo doutor? Este será o laudo. Correto? É melhor para todos que seja assim, inclusive para o senhor e para a sua família.*

O médico chamou uma ambulância e se esquivou a dar qualquer informação. Como o homem era cardíaco, não se cogitou que ele houvesse morrido por outro motivo que não fosse o problema do coração.

— Então todos se omitiram? — perguntou Mariana.

— Sim. Ninguém quer arrumar encrenca com Felipe que parece ter amigos perigosos.

— Meu Deus, que decepção — disse Mariana, lembrando-se do sonho que tivera. Parece que fui avisada, mas a minha teimosia em achar que estavam todos contra mim trouxe sérias consequências. Como vamos nos livrar da presença dele em nossa casa?

— O melhor é começar a não comparecer aos encontros que ele marcar. Arrume desculpas para que ele se canse de você. Podemos também sair nos finais de semana para que ele não venha

Caminhos cruzados

à nossa casa. Vamos dificultar a aproximação dele de qualquer um aqui de casa — disse Lúcio.

Alguns dias se passaram e Mariana evitava falar com Felipe. Deixou até mesmo de ir à escola alegando estar doente. Na semana seguinte quando regressou às aulas, esperava o pai que viria buscá-la, quando Felipe se aproximou dela olhando-a com o mesmo ódio daquele Felipe do seu sonho. Tentando ficar calma e pedindo a intervenção do seu espírito protetor, ela tentou sorrir. Ele, por sua vez, disse demonstrando muita raiva:

— Infeliz! Quem você pensa que é? Está me esnobando? Pensa que me importo com meninas mimadinhas como você? Vive grudada na barra da saia da mamãe e não vive sem os carinhos daquela gente sem graça daquela sua família horrorosa! Não quero vê-la nunca mais. E nem tente me procurar, pois não sei do que sou capaz. Você é desprezível!

E, dizendo isso lhe deu um bofetão que a atirou ao chão. Virou-se e foi embora sem olhar para trás.

Os colegas acudiram Mariana, que assustada chorava. Felizmente Lúcio e os filhos chegaram em seguida e levaram-na para casa.

— Acho que é melhor fazer um boletim de ocorrência — disse Caio.

Capítulo 20

— Vamos fazer isso então — disse Lúcio. Avisem a sua mãe que vamos nos atrasar, mas não diga o motivo.

Iara que jamais poderia imaginar o que estava acontecendo disse que os esperava para o almoço.

Depois de deixarem a delegacia foram para casa, onde o sorriso alegre de Iara se apagou ao ver o rosto inchado da filha. Correu para abraçar a menina, e quando soube do que havia acontecido exclamou irritada:

— Que canalha! Venha filha, vamos tomar um banho para relaxar.

Naquele dia o almoço não transcorreu dentro da alegria de sempre, mas o mais importante é que estavam todos unidos para enfrentar a situação.

Tempos depois, saía nos jornais a notícia da morte de Felipe, que fora assassinado por outros traficantes.

Capítulo 21

Ao deixar o corpo físico, Felipe fora abordado por alguns dos seus *camaradas*, que traficavam junto com ele e eram viciados, assim como ele.

Felipe alegrou-se ao ver os companheiros, pois juntos eles continuavam praticamente levando a vida de antes do desencarne. Juntavam-se aos encarnados viciados e com eles usufruíam da bebida, do cigarro e das outras drogas que os encarnados consumiam.

No início Felipe achou tudo aquilo o *máximo*. Porém, depois de algum tempo começou a se cansar. Ele sempre fora independente e não gostava que lhe dessem ordens. Jonas, que traficara com ele desde o início *reunira* o grupo infeliz, e se considerava o chefe, pois chegara primeiro e arrebanhara um por um, a fim de que juntos eles

Capítulo 21

continuassem o *trabalho* que haviam começado quando encarnados. Começaram então as desavenças entre Jonas, que queria mandar, e Felipe que não queria receber ordens. Um dia, exaltados ao extremo, ambos começaram a brigar trocando murros e pontapés.

— Eu não vou mais obedecer você, Jonas. Vou embora daqui!

— E para onde pensa que vai, mocinho? Por acaso acha que em outros grupos vai encontrar o mesmo tipo de acolhida que encontrou aqui? Sabia que em muitos grupos existe escravidão e tortura? Acha que só por que é todo arrumadinho e gosta de bancar o bom moço alguém irá respeitá-lo? Pois pode acreditar que se você se juntar a outros eles vão é querer que você seja um funcionário e não um companheiro.

Quando desencarnam, muitos dos traficantes e dos viciados formam bandos como quando estavam encarnados. Da mesma forma que aqui na Terra, existe também do outro lado a formação de grupos liderados por um espírito que se considera, ou é considerado, o mais esperto, o mais inteligente ou até mesmo o mais perigoso.

Tais grupos se organizam com a finalidade de continuar sustentando os vícios que possuem,

Caminhos cruzados

fazendo com que os encarnados os auxiliem no seu intento. Dessa maneira, além de ser difícil controlar encarnados viciados devido à facilidade de se conseguir o tóxico que se deseja, existe do outro lado a pressão dos desencarnados que desejam a todo custo continuar a vida que levavam quando encarnados. Diariamente na Terra vemos irmãos sendo tratados para se recuperarem dos vícios. Muitos desses tratamentos fracassam, pois a influência espiritual que sofrem esses doentes é muito forte. O ideal seria tratar o corpo físico e oferecer tratamento espiritual ao mesmo tempo.

Nota da autora espiritual

Felipe olhou para Jonas com ódio e desespero. Embora estivesse com o grupo há pouco tempo já havia visto outros grupos cujos membros tinham aspecto doentio e maltratado, e que eram chicoteados pelo líder do grupo, que exigia que todos trabalhassem para ele. O líder geralmente possuía uma equipe da sua confiança que estava sempre disposta a receber e cumprir ordens.

— Se quiser partir, você é livre — disse Jonas. Só não vá depois dizer que não foi avisado.

Felipe ficou muito tempo sentado em um canto. Não sabia o que fazer, pois se por um lado acreditava que Jonas falava a verdade, por outro

Capítulo 21

ele estava cansado de ser comandado pelo líder do grupo. Depois de pensar um pouco se dirigiu a Jonas:

— Se eu for embora e não gostar de ficar longe de vocês, será que posso voltar?

Jonas deu de ombros e riu cinicamente.

— Se sentir nossa falta pode voltar. Só não sei se vai conseguir.

— E por que não conseguiria?

— Há muitos por aí querendo te pegar!

— Me pegar?

— Não só a você, mas a todos nós. Esqueceu-se de que nós arrasamos a vida de muita gente? Não é só o viciado. Tem a família por trás. Quase todos nos odeiam de morte.

— Mas, se já morremos isso não tem importância — disse Felipe caçoando.

— Você é quem pensa! — respondeu Jonas dando as costas. Vá e depois me conte. Mas saiba que se nós não ficarmos juntos tudo é mais difícil.

— Não é tão fácil assim nos encontrarem — argumentou Felipe.

Jonas deu as costas para ele. Depois virou-se e olhando bem nos olhos de Felipe, disse com firmeza:

— Só posso garantir que são muitos contra nós. Fora os que nos odeiam existem os outros,

132

Caminhos cruzados

os *bonzinhos*. Esses querem nos levar para outros lugares. São os *discípulos de Jesus*. Eles chegam devagar, e nos fazem promessas de um mundo melhor. Falam de amor e caridade. Dizem que precisamos aproveitar a oportunidade para mudar e seguir os ensinamentos daquele que eles chamam de Mestre. Vou falar a verdade: eles são muito poderosos. Não sei que espécie de feitiço eles têm, mas por várias vezes quase me convenceram a ir para o tal lugar melhor. Quando eles falam, fazem isso sem raiva, com doçura; é possível sentir que são sinceros e querem mesmo ajudar. Eu não consigo entender que motivo eles têm para fazer isso...

Por um instante Felipe lembrou-se de Mariana, que sempre falava esse tipo de coisas. Ele, porém, nunca entendera de fato o que ela lhe dizia. Na verdade, ele estava cego pelo *poder* que supunha possuir; acreditava não precisar de nada nem de ninguém, pois se achava invencível. Até mesmo a morte lhe parecia distante então.

Enquanto pensava nisso tudo deixou cair algumas lágrimas. Sentia-se entorpecido. Ele nem podia imaginar que nesse instante Mariana e a família estavam fazendo uma prece por ele, fato que ocorria diariamente.

Felipe sentiu de repente uma grande paz e até arrependimento. Porém, tudo durou muito pouco.

Capítulo 21

Ao mesmo tempo em que sentia tantas coisas boas sentia-se atraído pelo mal ao qual estava acostumado. Ele já vivera muitas encarnações de trevas e era um espírito bastante endurecido.

As nossas boas vibrações sempre chegam aos desencarnados, onde quer que eles estejam. Alguns, porém, são tão endurecidos que não percebem. Outros, como no caso de Felipe, sentem algo diferente. No entanto, possuímos o livre-arbítrio, o que significa que podemos ou não aceitar o convite para ficarmos ao lado do bem e do Mestre Jesus. Quando a criatura se cansa de sofrer e roga por auxílio, ela o recebe. Porém, se ela não aceita, nada pode ser feito naquele momento. Mesmo assim não devemos desistir da prece sincera, pois ela sempre auxilia o necessitado de alguma forma. É preciso persistir, pois às vezes pode levar bastante tempo para que o amor atinja o coração de um espírito arraigado no mal e faça com que ele deseje de fato mudar. É importante que façamos as nossas preces com muita fé a fim de contribuirmos para a melhora dos nossos irmãos e do Planeta. Da mesma forma que uma árvore dá frutos quando está preparada para fazê-lo, nós também nos modificamos quando nosso coração é tocado pelo amor, pela bondade e pelo entendimento das palavras do Cristo que nos levam aos caminhos seguros do bem.

Caminhos cruzados

Lembremo-nos de que sermos bons é a nossa finalidade, mesmo que não o saibamos ou não aceitemos tal fato.

A vida na Terra é repleta de contratempos, mas jamais devemos desanimar, porque sempre haverá uma nova chance para todo aquele que deseja melhorar. O Pai de amor e bondade jamais abandona qualquer um dos seus filhos, mesmo o mais vil dos seres.

Nota da autora espiritual

Felipe pôs-se a andar pelos caminhos sombrios aos quais estava habituado. Logo alcançou um beco onde alguns encarnados se drogavam. Ele se aproximou satisfeito.

— Que bom vai ser usufruir de tudo sozinho — pensou.

Porém, logo apareceram desencarnados que saíram da escuridão e pularam em cima de Felipe chutando-o e esbravejando.

— Estes aqui são nossos — disse um deles dando um forte pontapé em sua cabeça.

Felipe ficou tonto, e cambaleando afastou-se do local. Parou no meio do caminho e olhou para trás. Quatro jovens que deviam ter no máximo 14 anos dividiam um cachimbo. Os desencarnados enrolavam-se em seus corpos, e satisfeitos sugavam

Capítulo 21

o fluido da droga. Por um instante Felipe achou o quadro deprimente. Imaginou-se no lugar de algum dos desencarnados e sentiu-se mal com tal pensamento. Achou que na verdade era tudo muito degradante. Mas, logo foi acordado dos seus pensamentos por um bando barulhento que se aproximou dele de maneira agressiva e feroz.

— Aqui está o miserável! Vamos pegá-lo.

Felipe assustou-se, tentou correr, mas não conseguiu fugir. Alguns desencarnados o agarraram e começaram a esmurrá-lo.

— Agora você é nosso — gritou um homem alto que parecia ser o líder do grupo. Com ele, havia mais dois homens e duas mulheres.

Porque será que tinham tanto ódio dele? pensou. Ele nem os conhecia. Talvez o tivessem confundido com outra pessoa. Felipe achou melhor ficar quieto e esperar que todos se acalmassem.

O homem alto, cujo nome era Borges, algemou Felipe e o empurrou, fazendo com que caminhasse.

Chegaram a um determinado lugar onde havia uma jaula.

— É aqui que você vai ficar. E levará duas surras por dia para aprender a não destruir a família dos outros.

Felipe levou um susto. Então era isso. Eles deviam ser parentes de alguém que se entregara

136

Caminhos cruzados

ao vício por suas mãos. Bem que Jonas o havia alertado. Como voltaria ao bando de Jonas agora que estava preso? O cansaço fez com que ele adormecesse rapidamente, e que seus pensamentos o deixassem em paz por alguns instantes.

Capítulo 22

Caio continuava fazendo os exercícios e estava cada vez melhor.

Já haviam se passado vários meses desde que os últimos fatos relatados haviam acontecido.

Guilherme e Laura se apaixonaram e estavam muito felizes fazendo planos para o futuro.

Caio e Mônica continuavam muito amigos, mas aparentemente nenhum dos dois queria uma aproximação maior. Parecia que estavam esperando por algo que os unisse de uma vez e para sempre. Certo dia, Iara chamou o filho e perguntou:

— Caio, o que você está esperando para pedir Mônica em namoro e planejar o futuro? É evidente o quanto vocês se amam. Todos perce-

Capítulo 22

bem o carinho que têm um pelo outro. Sinceramente, filho, não dá para entender!

Caio riu.

— Vocês combinaram de falar comigo essa semana?

— Como assim?

— Seja sincera, mamãe. Vocês combinaram?

Iara olhou para o filho surpresa.

— Vocês quem?

— Tia Ana, Guilherme, Mariana, papai e Rodrigo.

Iara ficou boquiaberta.

— O quê?

— É o que estou dizendo. Deixe-me ver. Você é a sexta, ou melhor, a sétima pessoa que fala comigo, pois me esqueci da Laura que estava junto com o Guilherme.

Ambos riram, e a mãe falou:

— Filho, de verdade, nós não combinamos nada. Pelo menos, ninguém combinou nada comigo. Desculpe. Estamos aborrecendo você com a nossa intromissão.

— De jeito nenhum, mamãe. Eu só achei graça. Sei que todos falam porque acreditam que Mônica e eu de fato nos amamos. Acontece, mamãe, que eu não tenho vontade de ficar namorando um tempão. Quero casar logo, e acho que talvez não seja o que Mônica deseja.

Caminhos cruzados

— Você já perguntou a ela?

— Não, mas ela é muito jovem e está no meio da faculdade. Acho melhor esperar mais um pouco. Se ela quiser, depois que acabar a faculdade nós poderemos nos casar.

— Mas meu filho, isso me parece esquisito. Vocês estão juntos o tempo todo, não namoram e você quer que a moça se case de um dia para o outro? Acho que está sendo egoísta. Será que é isso que ela quer? Já se colocou no lugar dela e tentou imaginar se às vezes ela não se sente insegura com essa situação?

— Mamãe, lembra-se de quando sofri o acidente? Ela não saía de perto de mim. Continuou me visitando todos os dias, nunca me abandonou. Desde que a vi pela primeira vez tive certeza de que ela é a pessoa certa para dividir sua existência comigo. No entanto, quero que ela se sinta livre para escolher a mim ou a outra pessoa, se assim o desejar. Eu fico com receio de que ela tenha simplesmente se acostumado à minha companhia, e que isso tenha sido por causa do acidente.

— Eu entendo, filho. Mas você não está se arriscando a perdê-la, deixando-a tão disponível assim?

— Pode ser, mas eu quero ter certeza de que ela teve a chance de conhecer outras pesso-

Capítulo 22

as e de escolher ficar comigo se assim o desejar. Acho que ela precisa desse tempo a fim de não se arrepender depois.

Caio pegou a mão da mãe, beijou-a com carinho e disse:

— Pode achar bobagem, mamãe, mas eu sinto que ela de fato necessita desse tempo para ter certeza do que quer. Por outro lado, tenho medo de que se namorarmos agora não fiquemos juntos no futuro. É muito ruim, pois sinto como se pudesse perdê-la irremediavelmente de um momento para o outro. Às vezes, sonho que ela me diz adeus e que eu corro em meio a um campo florido procurando por ela sem encontrá-la. Será que isso tem a ver com alguma lembrança do passado?

— Pode ser, filho. Mas, não pense nisso. Olhe, não importa o que nós digamos ou o que pensemos. Faça aquilo que o seu coração mandar. Seja feliz e fique em paz consigo mesmo. O fato de nós amarmos uma pessoa não nos qualifica a dar conselhos que sejam contrários aos seus sentimentos. Por outro lado, mesmo com todo o amor do mundo somos passíveis de errar. Desculpe se dei palpite na hora errada.

— Que nada, mãe. Foi bom conversarmos. Sempre é bom poder ouvir uma opinião dife-

Caminhos cruzados

rente. Somos nós que devemos ter equilíbrio e bom senso para julgarmos aquilo que melhor nos convém. Nesse caso eu prefiro esperar um pouco mais; não sei explicar o motivo, mas sinto assim. Tenho certeza de que na hora certa tudo se encaminhará da forma mais favorável.

Sorrindo, Iara abraçou o filho que retribuiu o carinho.

Capítulo 23

Felipe não sabia ao certo quanto tempo se passara desde que fora aprisionado, mas parecia-lhe estar ali há séculos!

Todos os dias ele era submetido a torturas: batiam, chutavam-no, dirigiam-lhe más palavras, deixando-o cada vez mais irado. A cada dia ele parecia se tornar mais revoltado e infeliz. Crescia dentro dele o desejo de ferir e maltratar a quem pudesse, e as primeiras pessoas da lista eram sua mãe e Mariana.

— Quando sair daqui muitos haverão de me pagar — pensava com o coração cheio de ódio.

Um dia ele foi deixado completamente só, e viu passar por ali um ser bastante disforme que andava se entortando para os lados. Seu

Capítulo 23

rosto não tinha a forma de um rosto humano. Ele soltava grunhidos e parecia assustador. Parou perto da jaula de Felipe que apesar da aparência horrenda da criatura pensou que ela talvez pudesse ajudá-lo.

— Sou Felipe. Será que você pode me tirar daqui? Veja, as chaves estão ali — disse apontando para algo que parecia o tronco cortado de uma árvore.

A criatura olhou e soltou um grunhido alto e assustador. Dirigiu-se para onde estava a chave. Felipe sentiu seu coração bater forte.

Logo estarei liberto, pensava.

A criatura olhou para a chave como se não soubesse o que era aquilo. Depois de muito olhar pegou-a, ficou examinando, examinando, e parecia não saber o que fazer.

— Aqui, disse Felipe já em desespero. Dê para mim — falou estendendo a mão. Venha.

A criatura começou a andar em sua direção. Não fosse a ansiedade para fugir do cativeiro, Felipe teria saído correndo para se distanciar de um ser tão horrendo. Enquanto se aproximava, Felipe pode ver melhor o seu rosto. Os dentes eram enormes, como os de um grande gorila, os cabelos desgrenhados cobriam parte do rosto, e da boca saia uma baba asquerosa. Felipe chegou

Caminhos cruzados

a sentir certo temor, enquanto a estranha criatura se aproximava dele cada vez mais. Quando estava muito perto, ela arremessou a chave contra ele e saiu correndo, sumindo para sempre da visão de Felipe, que entre satisfeito e assustado tateou o chão à procura da chave. Assim que a pegou abriu a porta da jaula e correu sem destino, chegando a um local tão escuro que não conseguia enxergar um palmo diante de si. Com muita dificuldade percebeu que havia uma espécie de caverna no local.

Vou ficar aqui por enquanto, pensou.

Acomodou-se da melhor maneira que pôde e logo adormeceu. Acordou assustado depois de algum tempo, como se tivesse sido despertado. Parecia-lhe ouvir alguém dizendo ao longe:

— Felipe, não procure mais aborrecimentos. Quanto mais você desejar o mal dos outros, pior ficará a sua vida. É preciso desistir de todas as coisas erradas e tristes com as quais você se comprometeu. De uma vez por todas, você deve procurar novos caminhos dentro de uma conduta correta e luminosa. Já chega de andar nas trevas. Há séculos que você sofre e faz sofrer. Será que ainda não se cansou de viver assim?

Felipe sacudia a cabeça, como se isso pudesse afastar a voz que não se calava.

Capítulo 23

Estou ficando louco de vez, dizia de si para si. *Já não sei mais o que fazer.*

A voz prosseguiu:

— Faça o melhor. Procure o caminho que irá levá-lo à verdadeira felicidade. Você já causou muita tristeza e desolação. É hora de ser feliz e fazer feliz, a fim de apagar um pouco o seu passado tenebroso.

Felipe sentiu um torpor e parecia que girava, girava. Tudo estava escuro. Pareceu-lhe então que acordava em um lugar que era ao mesmo tempo estranho e familiar.

Viu um homem alto, barbudo, de olhar duro e fisionomia embrutecida calçando botas longas; trazia uma capa às costas. Viu que todos se curvavam à sua passagem, não por respeito, mas por pavor. Ele carregava um chicote nas mãos, e o usava com destreza. Entrou em uma taberna, e batendo o chicote na mesa pediu vinho e comida. Tirou a capa das costas e colocou-a sobre uma cadeira.

A taberna era um lugar limpo e simples que servia refeições caseiras, embora alguns ali viessem para se embebedar. O dono era um homem de meia idade, triste e curvado, que parecia muito mais velho do que realmente era.

Logo foi trazido o que o homem pedira. Ele bebeu um jarro de vinho após o outro, e

Caminhos cruzados

quando parecia já não conseguir mais ficar de pé resolveu partir. Montou em seu cavalo e seguiu quase que inconsciente pelos caminhos que o levariam para casa.

O cavalo parecia já estar acostumado a tal rotina, e seguia pela estrada com rapidez, até que parou em frente a uma casa mal conservada que ficava na estrada. O homem desceu, e cambaleando dirigiu-se à porta; esta se abriu assim que ele se se encostou a ela. Dentro da casa simples, mas bem arrumada, uma vela estava acesa sobre a mesa, e ao seu lado havia um prato de comida coberto por outro prato. O homem foi entrando. Chegando ao quarto encontrou a esposa e o filho pequeno que dormiam. Bateu o chicote no chão e ambos acordaram assustados, pulando para fora da cama imediatamente. Ele soltou uma horrível gargalhada e se jogou sobre a cama. A mulher e a criança correram para o outro quarto, e só conseguiram adormecer quando o homem começou a roncar.

Felipe, que a tudo observava, pôde então reconhecer-se naquele homem quase selvagem. Horrorizado pensava:

— Esse tipo bárbaro não sou eu. Não pode ser! A aparência é tão diferente.

Ouviu então a voz, que lhe dizia.

Capítulo 23

— Todos nós assumimos aparências diversas, como se trocássemos de roupa a cada nova encarnação.

De repente Felipe lembrou-se de Mariana que lhe dissera algo parecido.

— Será que vivemos mesmo outras vidas? — cismara o rapaz. Até que faz sentido, pois eu *morri*, mas continuo vivo — ponderou.

E assim pensando caiu em sono profundo.

Capítulo 24

Ao acordar Felipe começou a pensar na sua casa, no carinho com que sempre fora tratado. Ao lembrar-se do pai, uma grande dor e um enorme arrependimento tomaram conta do rapaz.

Como em um filme revia cenas da sua vida: fora um garoto esperto e querido por todos. Era filho único, e os pais tudo faziam para que ele tivesse o que desejava. Cedo aprendeu a nadar e a jogar tênis; estudava em uma das melhores escolas do lugar onde vivia. Porém, sempre fora um pouco preguiçoso, e só tirava notas que fossem suficientes para fazê-lo passar.

Ainda cursava o ensino médio quando começou a ficar diferente. Tornou-se agressivo e mal-humorado. O carinho dos pais não

Capítulo 24

conseguia trazer qualquer mudança positiva. A conselho da Orientadora Educacional da escola, Felipe foi encaminhado a uma psicóloga. No entanto, tudo parecia acender ainda mais a revolta no coração do jovem. Nessa época os pais já não oravam com ele ou o incentivavam a fazer orações. Na verdade, os dias em que eles se preocupavam com isso estavam bem longe. Não tinham tempo para orar!

Devemos sempre ter em mente que a família é o alicerce do indivíduo. Porém, se a criatura não receber um embasamento religioso e não tiver ideias claras a respeito do bem e do mal, torna-se muitas vezes difícil para ela viver de maneira adequada.

Existem pessoas que mesmo não possuindo uma religião acreditam em uma força superior que as dirige, e a qual devem obediência e satisfação dos seus atos. Tais pessoas, mesmo não tendo princípios religiosos sabem que toda ação tem uma reação, e que todo o mal que se pratica, seja ele qual for, deverá ser reparado de alguma forma, pois essa é a lei.

É, pois, importante que a criança seja orientada desde a mais tenra idade a seguir os caminhos da luz e do amor. É crucial oferecer à criança princípios morais que a guiarão pela vida afora, a fim de que nas horas difíceis o indivíduo possa se apegar

Caminhos cruzados

a tais ensinamentos, e com fé supere os obstáculos que a vida lhe apresentar, compreendendo que tais contratempos devem ser superados sem revolta ou ódio, mas sim com coragem e certeza de que tudo são lições que colaboram para o crescimento do ser.

Nota da autora espiritual

Bastante desequilibrado e presa fácil de inimigos do passado que vinham agora exigir prestações de contas, Felipe mostrava-se cada vez mais perturbado, e já não havia mais como controlar seus acessos de raiva e seu desgosto perante a vida sem sentido que escolhera para si.

Logo os pais começaram também a se desequilibrar, pois não sabiam a quem recorrer nos momentos de dificuldade. Assim, não demorou para que a harmonia, a tranquilidade e a alegria daquele lar fossem destruídas de forma aparentemente irremediável. Em pouco tempo desaparecera o respeito e o carinho que os familiares nutriam uns pelos outros, e a vida na casa foi se tornando cada vez mais insuportável.

Felipe, completamente envolvido por inimigos do passado, ficava cada vez mais tempo fora de casa, e convivia com um grupo de amigos que vibravam na mesma sintonia de revolta e insatisfação. Logo se viu experimentando drogas, e

Capítulo 24

não tardou para que se tornasse também um traficante. Foi seduzido pela facilidade da nova vida, pelo dinheiro que ganhava, e apreciou gastá-lo, esbanjando em bobagens. Comprava roupas e sapatos caros, e logo abandonou a escola sem que os pais percebessem. Ambos saíam cedo para trabalhar, e como ele era o último a sair eles não sabiam se ele havia ido à escola ou não. Os pais notaram que o filho estava cada vez mais irritado e agressivo, mas, como a maioria dos pais, eles não imaginavam que o filho estivesse usando drogas e já estivesse tão comprometido no mundo do crime. Certo dia, a mãe estava no trabalho e recebeu um telefonema da escola: Felipe não comparecia às aulas há três semanas. Ela entrou em pânico.

— Não pode ser. Todos os dias nós o deixamos pronto para ir à escola. Deve haver algum engano.

— Infelizmente não há engano algum. Felipe simplesmente não comparece às aulas desde o dia 15 do mês passado.

— Mas por que não avisaram antes? — perguntou a mãe entre desesperada e indignada.

— Temos um atestado médico declarando que ele está com meningite, doença infecciosa, e por isso não pensamos em ligar. No entanto, mais uma semana se passou e nós ficamos preocupados.

Caminhos cruzados

— Entendo. Vou já para aí falar com a senhora pessoalmente.

Desligando o telefone, Glória, a mãe de Felipe, ligou para o marido, aflita.

— Flávio, preciso que você venha até a loja imediatamente.

— Não posso. Estou no meio de uma reunião.

— Adie a reunião, por favor. É urgente e importante.

Flávio, que jamais era incomodado pela esposa quando estava no escritório achou melhor atender o seu pedido, pois devia tratar-se de algo muito importante de fato. Ele possuía um escritório de consultoria. Deu algumas ordens aos funcionários e saiu apressado. Quando chegou à loja, Glória o esperava aflita. Abraçando o marido narrou em poucas palavras a conversa que tivera com a diretora da escola.

— Vamos até lá agora mesmo.

Glória deixou a loja a cargo das funcionárias e ambos dirigiram-se à escola, onde a diretora os aguardava com o atestado e os diários de classe que comprovavam o que ela havia dito por telefone.

Arrasados, ambos se entreolharam, e Glória não pode conter as lágrimas.

— Dona Glória, sei que é muito doloroso, mas eu tomei a liberdade de pedir a alguns co-

Capítulo 24

legas de Felipe que viessem aqui conversar com a senhora e o senhor Flávio. Com sua licença, vou chamá-los.

Em poucos instantes, três jovens entraram na sala acompanhados por dona Helena, a diretora.

— Pronto. Estes são Luis, André e Mário. Rapazes, estes são os pais de Felipe. Por favor, contem a eles o que me contaram.

— Bem — começou Luis — faz muitos dias que não vemos Felipe. Mas há mais ou menos uns dez dias nós o vimos com uns homens mal encarados almoçando no restaurante da Rua Pacaembu. Ele não nos viu, mas nós temos certeza de que era ele. Os homens e Felipe trocavam pacotes e falavam baixo. Após a troca de pacotes deixaram Felipe sozinho. Ele pagou a conta e saiu.

— É verdade — disse Mário. Mas, já faz algum tempo que ele começou a ficar esquisito. Um dia ele veio nos oferecer cocaína. Disse que era bom, e que quando usava a droga ele se sentia muito bem, apesar de se sentir horrível quando o efeito passava. Disse que vomitava muito e se sentia fraco e profundamente infeliz, além de não conseguir mais controlar seus pensamentos e seus sentimentos.

André, que até então permanecera calado, disse comovido:

— Não sei por que ele escolheu esse caminho. Nós tentamos aconselhá-lo, mas ele disse que não queria ouvir palpites, e que não devíamos nos intrometer na vida dele. Disse também que se falássemos com alguém sobre isso acertaríamos contas com ele e com os seus novos amigos.

Os pais de Felipe estavam estupefatos! Seu filho chegara a esse ponto e eles não haviam percebido!

— Podem ir — disse dona Helena. Temos certeza de que contaremos com a discrição de dona Glória e do senhor Flávio.

— Claro — disse Flávio. Felipe jamais saberá que vocês nos contaram tudo isso. Somos muito agradecidos pela coragem de vocês.

— Sentimos muito — disse Mário. Torcemos para que Felipe saia dessa.

— Nós também, meu filho. Nós também — disse Flávio visivelmente arrasado.

Após conversarem com a diretora por mais algum tempo, ambos saíram da escola e dirigiram-se ao restaurante onde os rapazes haviam visto Felipe. Decidiram ir até lá para conversar e pensar no que fazer. Estavam sentados em um lugar discreto, quando viram dois homens entrarem. Um deles trazia um pacote em uma das mãos. Eles pediram bebidas, e pouco depois chegou Felipe que também tinha um pacote nas

Capítulo 24

mãos. Os pais se entreolharam surpresos. Mesmo com o relato dos rapazes, no fundo tinham ainda a esperança de que houvesse algum engano.

Sem serem vistos pelo filho, viram a troca de pacotes, conforme Luis havia descrito. Pouco depois, Felipe deixou o restaurante, e os pais que estavam completamente atordoados permaneceram lá sem saber o que fazer. Por fim, acharam que o melhor era conversar com Felipe sem acusá-lo ou brigarem com ele. Ligaram para a psicóloga, que lhes disse não ter notícias de Felipe há mais de um mês, pois ele cancelara o tratamento alegando que teria que fazer uma longa viagem.

Cada vez mais surpresos, Glória e Flávio não sabiam mais o que pensar. Precisavam conversar com alguém, e resolveram visitar a psicóloga antes de conversarem com o filho. Por sorte ela pode atendê-los naquela mesma tarde.

Quando chegaram ao consultório foram recebidos por Dalva. Ela era uma mulher baixinha, aparentava uns 50 anos, tinha voz suave e um belo sorriso. Com seu jeito tranquilo convidou Glória e Flávio para que se sentassem.

— Em que posso ajudá-los? — perguntou amavelmente.

— É sobre o nosso filho Felipe. Ele esteve aqui algumas vezes, não?

Caminhos cruzados

— Sim, mas como eu disse ao senhor Flávio, faz mais de um mês que ele abandonou o tratamento.

— Sim, e isso nos deixou extremamente surpresos, pois nós não sabíamos que ele não estava mais vindo ao consultório — comentou Flávio.

— Aliás, nós não sabíamos de muitas coisas — acrescentou Glória, relatando tudo o que ocorrera naquele dia.

— Qual foi a impressão que teve do nosso filho, dona Dalva?

— Bem, apesar do pouco tempo em que estivemos juntos ele sempre se mostrou educado e gentil, contrastando, porém tal amabilidade com grande revolta e agressividade durante as nossas conversas. Além disso... bem, eu creio que posso falar abertamente. Não é minha intenção ofendê-los, mas...

— Não tenha receio e nem nos poupe. Acho que quanto mais informações nós tivermos melhor será a nossa conversa com ele.

— Tem razão, senhor Flávio. Na verdade, algumas vezes ele compareceu à consulta completamente alterado, pois além da droga havia também bebido demais. Eu tentava conversar com ele, mas não era possível. Nessas ocasiões eu o convidava a voltar em outro dia, mas ele se recusava a deixar o consultório, dizendo que

Capítulo 24

tinha medo de cometer algum ato de desespero se ficasse sozinho. Ele sempre me dizia que achava que estava sendo perseguido, que alguém o seguia ou estava junto dele.

— Então ele está louco?

— Bem, talvez vocês digam que a louca sou eu, mas creio que é muito importante sermos bastante claros nesse momento.

— Por favor, não nos oculte nada — implorou Glória entre lágrimas.

— Vocês têm algum conhecimento sobre a doutrina Espírita? — perguntou Dalva.

— Nenhum. Só sabemos que *foi inventado* na França por Allan Kardec — respondeu Flávio.

Dalva esclareceu:

— Na verdade, Allan Kardec codificou a doutrina dos espíritos através de estudos e pesquisas. A doutrina não foi *inventada* — disse sorrindo.

— Sinto muito, não quis ofendê-la — desculpou-se Flávio.

— Não é ofensa alguma. O senhor não conhece a doutrina, só isso. Eu lhes perguntei se a conhecem porque sou Espírita, e na verdade, sou também médium vidente, o que significa que posso ver espíritos.

— Oh, é mesmo? Sempre ouvi falar de tais coisas, mas achava que era fantasia das pessoas, ou algo assim — disse Glória surpresa.

160

Caminhos cruzados

— Em muitos casos pode até ser, mas no meu garanto que não é, pois o fato de eu ser vidente muitas vezes me esclarece até mesmo quanto ao tratamento que devo indicar. Em várias ocasiões sugeri ao paciente que procurasse um Centro Espírita. Muitos dos nossos desequilíbrios têm relação direta com o mundo espiritual; ignorar a existência desse mundo, que é invisível para a grande maioria, ou não dar a ele a devida importância, faz com que muitos não procurem o auxílio necessário. Os sanatórios estão cheios de pessoas que atormentadas por espíritos entram em estado de desequilíbrio. Não sabem que seus problemas poderiam se resolver por meio de tratamento espiritual e da sua mudança de atitude.

— Como pode ser isso? — perguntou Flávio curioso.

— Quando entramos em sintonia com espíritos que não possuem propósitos elevados, muitas vezes nos deixamos envolver por esses irmãos que nem sempre são a melhor companhia para nós. Muitos nos induzem a fazer coisas que irão nos prejudicar. Fazem isso por motivos diversos, como por exemplo, não gostam de nós, querem divertir-se às nossas custas ou simplesmente vivem para propagar a discórdia e a infelicidade, uma vez que eles mesmos não conseguem encontrar a própria paz e alegria.

Capítulo 24

— Mas, que razões teriam para não gostarem de nós? — perguntou Glória.

— Talvez nós os tenhamos prejudicado em outras encarnações, quem sabe. De qualquer forma, isso se deve a assuntos mal resolvidos e à falta de perdão, tolerância e compreensão de uma das partes ou mesmo de ambas as partes.

— Mas isso é horrível! — exclamou Glória. Inimigos invisíveis!

— Tem razão. De fato é horrível. Porém, é importante nos lembrarmos de que se tais espíritos estão em sintonia conosco é devido a nossa permissão e baixa sintonia, uma vez que sabemos que os semelhantes se atraem.

— Como assim? Então essa história de que atraímos o que nos acontece é mesmo verdade? — perguntou Flávio interessado.

Dalva não se fez de rogada e continuou com a explanação, sem que ninguém na sala notasse a presença de benfeitores espirituais que lá estavam para orientar a conversa, e auxiliar Flávio e Glória a compreenderem ensinamentos sobre os quais jamais haviam ouvido falar.

— Bem, nós atraímos sempre para a nossa convivência aqueles que se assemelham a nós de algum modo. Por exemplo, se eu gostar de ir a cinemas, museus e locais onde eu possa adquirir

Caminhos cruzados

mais cultura, certamente terei amigos que apreciam as mesmas coisas e estarão sempre dispostos a me acompanhar. Se, por outro lado, eu não gostar de ir a festas não acompanharei aqueles que apreciam tal convivência social. Quero dizer, geralmente nós estamos mais ligados àqueles que têm os mesmos interesses que nós. É assim também em relação ao mundo espiritual.

Se eu for maledicente, orgulhosa, invejosa, por exemplo, atrairei espíritos que apreciam tal comportamento. Mas, se eu procurar ser melhor a cada dia terei a assistência daqueles espíritos que desejam o meu bem, e que certamente me auxiliarão a ser cada vez melhor.

— E como nos tornamos melhores? — indagou mais uma vez Flávio, visivelmente envolvido pelas explanações de Dalva.

— Melhorar requer esforço constante da nossa parte, a fim de que vençamos as nossas próprias imperfeições. Quando procuramos eliminar em nós tudo o que atrapalha o nosso progresso espiritual, estamos de fato trabalhando para a nossa felicidade e para o nosso equilíbrio. Naturalmente, isso contribui também para melhorar o ambiente à nossa volta. É como se tivéssemos um pequeno ponto de luz ao nosso redor e fossemos levando essa luz para outros lugares.

Capítulo 24

— Como a senhora é sábia! — exclamou Flávio. Glória assentiu com a cabeça. Estava admirada. Dalva sorriu, divertida.

— Desculpem. Não é assim. Eu sei tanto quanto qualquer um que procure aprender e entender sinceramente os ensinamentos de Jesus.

— E onde se pode aprender um pouco de tudo o que você sabe? — perguntou Glória.

Dalva levantou-se, foi até a estante, e de lá retirou um exemplar de *O Evangelho Segundo o Espiritismo*. Carinhosamente, entregou o livro à Glória que o abriu, e começou a ler em voz alta:

Se eu falar as línguas dos homens e dos anjos, e não tiver caridade, sou como o metal que soa, ou como o sino que tine. E se eu tiver o dom de profecia, e conhecer todos os mistérios, e quanto se pode saber; e se tiver toda a fé, até a ponto de transportar montanhas, e não tiver caridade, não sou nada. E se eu distribuir todos os meus bens em sustento dos pobres, e se entregar o meu corpo para ser queimado, se, todavia não tiver caridade, nada disto me aproveita. A caridade é paciente, é benigna; a caridade não é invejosa, não obra temerária nem precipitadamente, não se ensoberbece, não é ambiciosa, não busca os seus próprios interesses, não se irrita, não suspeita mal, não folga com a injustiça, mas folga com a verdade.

Caminhos cruzados

Tudo tolera, tudo crê, tudo espera, tudo sofre. A caridade nunca, jamais há de acabar, ou deixem de ter lugar as profecias, ou cessem as línguas, ou seja abolida a ciência. Agora, pois, permanecem a fé, a esperança e a caridade, estas três virtudes; porém a maior delas é a caridade. (Paulo, I Coríntios, XIII: 1-7 e 13)

Ao final da leitura, Glória e Flávio tinham os olhos marejados.

— Levem o livro. Em suas páginas vocês encontrarão o conforto e o entendimento de que precisam.

— Obrigada, Dalva. Flávio e eu o leremos com muito carinho.

— Bem, como vocês estão interessados no assunto, vou tomar a liberdade de sugerir que façam o Evangelho no Lar.

— Claro! Como é? — perguntou Flávio, que emocionado não conseguia conter as lágrimas.

— É bem simples. Escolham um dia da semana e um horário que seja conveniente para vocês. A escolha do dia e do horário não tem nada de místico; é somente para auxiliar nossos amigos do plano espiritual a se organizarem na assistência que irão nos oferecer. Prefiram um local agradável e silencioso da casa. Coloquem um copo ou uma jarra com água sobre a mesa. A

Capítulo 24

água será fluidificada; isto é, os amigos do plano espiritual colocarão ali o *remédio* necessário para vocês naquele momento.

Começa-se fazendo uma prece, que pode ser espontânea ou pronta. Se tiverem algum livro de conteúdo edificante podem abri-lo em qualquer página e ler antes da leitura do Evangelho. Caso não tenham, tudo bem. Abram o Evangelho ao acaso e leiam um trecho da lição. Em seguida podem fazer um breve comentário a respeito do que foi lido. Encerrem fazendo vibrações e uma prece final.

Mais uma vez Dalva levantou-se. Abriu a gaveta de uma escrivaninha e oferecendo um papel a Glória disse:

— Este é um roteiro para que não se esqueçam das etapas. Quando incorporarem o Evangelho às suas vidas seguirão esses passos naturalmente.

— Será que você não se reuniria a nós para fazer o Evangelho, pelo menos no início?

— Irei com muita alegria. Se vocês permitirem, levarei comigo um ou dois amigos do centro que frequento para orarem conosco.

— Será um prazer recebê-los.

— Então verifiquem o melhor dia e horário, a fim de tomarmos as providências necessárias.

— Está bem. Vamos, Flávio. Já tomamos muito tempo de Dalva.

Caminhos cruzados

— De jeito nenhum. Fiquei muito feliz em recebê-los.

— A recepcionista disse para acertarmos diretamente com a senhora — disse Flávio tirando a carteira do bolso.

— De jeito nenhum. Foi uma grande alegria estar com vocês dois. Além do mais, isso não foi uma consulta, e sim uma conversa para procurarmos auxiliar Felipe a se reencontrar. Vão com Deus e que Jesus ilumine os seus caminhos.

— Não tenho palavras para agradecer o seu carinho — disse Glória abraçando Dalva que retribuiu o abraço fraternalmente.

— Que Deus abençoe a senhora hoje e sempre. Tenho certeza de que consegue auxiliar muitas pessoas com seu jeito paciente e bondoso — disse Flávio apertando-lhe a mão.

— Muito obrigada — respondeu Dalva comovida. Aguardo o seu telefonema, Glória. Ah, só uma coisa. Vamos nos tratar com menos formalidade. O que acham?

Sorriram e assentiram com a cabeça.

Capítulo 25

No dia seguinte Glória ligou para Dalva e ambas combinaram a visita para sexta-feira à noite.

Pontualmente as oito e quinze, Dalva chegou acompanhada de um casal de amigos.

— Flávio, Glória, estes são Sérgio e Luísa. Eles trabalham lá no Centro comigo. Procuramos orientar os nossos irmãos que querem começar a fazer o Evangelho no Lar.

— Sejam bem-vindos à nossa casa — disse Glória simpática. Querem sentar-se à mesa? Já deixamos tudo arrumado, como você orientou.

— Então vamos — disse Sérgio.

Depois que todos haviam se acomodado, Luísa ofereceu um livro à Glória e disse:

— Este livro foi ditado pelo espírito André Luiz e psicografado por Francisco Cândido Xavier.

Capítulo 25

Seu nome é Sinal Verde. Nós gostamos muito dele. Esperamos que vocês também gostem.

— Muito obrigada, Luísa. Certamente procuraremos ler e tentaremos colocar em prática o que aprendermos.

— Essa é a parte mais difícil, porém a mais importante — disse Sérgio. Mesmo lendo e ouvindo o tempo todo, nem sempre é fácil seguir todos os ensinamentos.

— É por isso que ouvimos tantas vezes as mesmas lições.

Todos assentiram com a cabeça.

— Posso deixar a música tocando? — perguntou Glória.

— Claro que sim. A música suave é sempre um recurso bendito. Não é indispensável, mas é agradável — disse Dalva olhando para o relógio. Oito em ponto. Vamos começar? Glória, Flávio, gostariam de fazer uma prece?

Ambos se entreolharam, e Glória falou:

— Posso?

Fechando os olhos, todos ouviram a comovida prece que vinha daquele coração entristecido:

— Deus! Sei que não o procuro já faz algum tempo. Aliás, ultimamente só tenho trabalhado e pensado nos problemas relativos à loja. Quero agradecer por ter encontrado pessoas que me reconduziram até Vós, e quero agradecer por ter o Senhor me lembrado de que tenho um marido maravilhoso. Agora, meu Deus, deixe-me pedir pelo meu filho querido. Permita que ele volte ao caminho correto, a fim de que possa ser feliz como nós sempre sonhamos que ele seria.

Todos se comoveram com a prece e Flávio rezou um Pai Nosso, onde colocou todo o seu coração.

— Abra o livro, Flávio — convidou Dalva.

Flávio abriu o livro, e estendeu-o a Sérgio, pedindo:

— Você poderia ler, por favor? Acho que não estou enxergando muito bem.

Seus olhos estavam marejados.

— Claro — disse Sérgio comovido, tomando o livro.

Em seguida, leu o capítulo 6: *Experiência Doméstica*. Após a leitura, Flávio comentou:

— Certamente estas palavras nos trazem grandes ensinamentos!

— Sem dúvida. Se nós tratássemos aqueles que convivem conosco como tratamos as visitas seríamos muito mais cordiais e pacientes.

— Como pode ser isso? Nós procuramos sempre mostrar nossa boa educação e tratar melhor as pessoas que não estão ao nosso lado enfrentando os problemas do cotidiano. Acho que aqui em casa mesmo nós estamos dando

Capítulo 25

muito mais atenção às pessoas de fora do que um ao outro — disse Flávio triste.

Glória pegou a mão do marido com delicadeza, e fitando-o nos olhos falou:

— Você tem razão, meu querido. Ultimamente mal sentamos para conversar. Nem fazemos mais as refeições juntos. Mas não faz mal. Mudaremos isso a partir de já!

Flávio olhou carinhosamente para a esposa e assentiu com a cabeça oferecendo-lhe um sorriso acolhedor.

Após breve silêncio, Dalva perguntou:

— Alguém gostaria de fazer mais algum comentário sobre a lição?

Como a resposta geral foi negativa Dalva estendeu o Evangelho para Glória e pediu:

— Abra, por favor, Glória.

Glória abriu o livro.

— Gostaria de ler?

— Prefiro ouvir. Você se importa?

— Claro que não. Luísa, pode ler para nós? — pediu Dalva.

A lição foi A *ingratidão dos filhos e os laços de família, Santo Agostinho, Paris, 1862.*

Ao final da leitura, os olhos de Glória estavam cheios de lágrimas. As palavras do Evangelho haviam calado profundamente no seu espírito.

Caminhos cruzados

— Quanta coisa para se pensar! — exclamou entre surpresa e feliz.

— É verdade — disse Sérgio. Quanto mais aprendemos, mais compreendemos o quanto é infinita a bondade de Deus.

O Evangelho foi encerrado com uma prece sentida feita por Dalva.

— Sinto-me tão bem! — exclamou Glória.

— Eu também! — disse Flávio. E acrescentou: Como é bom sentir essa paz e essa tranquilidade.

Ele nem imaginava que muito em breve essa paz seria perturbada.

— Sei que essa não é uma reunião social, mas nos alegraríamos se pudessem ficar um pouco mais conosco para conversar. Estamos precisando de amigos que possam nos ajudar a entender o que está acontecendo em nossas vidas — disse Glória.

— Eu posso ficar sem problema algum.

— Nós também podemos, não é Luísa?

— Claro.

Glória convidou a todos para tomar chá com bolo. A conversa transcorria tranquila quando ouviram Felipe chegar. Glória estranhou.

— São somente 9 horas. O que o nosso filho estará fazendo em casa? Ele nunca chega antes de meia noite — comentou.

Capítulo 25

O rapaz entrou na cozinha e disse meio sem jeito.

— Ah, desculpem. Estão com visita?

— Você é bem-vindo, filho. Junte-se a nós — convidou Glória.

Só quando chegou mais perto Felipe viu Dalva.

— A senhora por aqui? Que surpresa! Espero que não tenha vindo me procurar.

— Não, na verdade eu vim aqui visitar seus pais.

— Ah, é mesmo! Vieram rezar. Meus pais me falaram. Parece que cheguei tarde, não é?

— Para o Evangelho, sim. Mas não para conversarmos — disse Sérgio gentil.

— Felipe, estes são Sérgio e Luísa, meus amigos — apresentou Dalva.

Felipe tratava a todos educadamente. Sentou-se à mesa, conversou, porém, seu olhar era cínico e seu jeito arrogante.

Sérgio, que possuía vidência, percebera que ao lado de Felipe havia um espírito muito feio; embora jovem, seus traços eram precocemente envelhecidos, seu corpo magérrimo estava maltratado e ele cheirava muito mal. Mentalmente, o rapaz ameaçou:

— Não venha com besteiras *pra* cima dele, senão depois eu acerto as contas com você.

Caminhos cruzados

A conversa prosseguiu alegre e cordial em torno de assuntos edificantes. Sérgio, no entanto, dialogava com o acompanhante de Felipe.

— Por que você está ao lado desse rapaz? Ele fez algo que o tenha prejudicado?

— Ele fez *absolutamente tudo* para arruinar a minha vida. Sei que as pessoas não obrigam as outras a fazerem coisas que elas não querem, mas foi ele que me apresentou as drogas. No início eu não queria, mas ele insistia muito. Depois de algum tempo, acabou me convencendo de que eu poderia deixar de usá-las quando bem entendesse porque na verdade só os fracos se deixam viciar. Ai de quem cai nessa armadilha! As drogas viciam e levam a pessoa à degradação. O uso dessas porcarias faz com que você não mais reconheça a si próprio. Com o passar do tempo perde-se a dignidade. Para falar a verdade, nem gente eu me sentia mais; não era dono de mim mesmo. Só vivia para sustentar o maldito vício. Sei que fui tolo e inconsequente e sou culpado por ter me deixado levar, mas ele é o principal culpado de toda a tragédia que veio depois — disse o rapaz visivelmente alterado e lançando um olhar de ódio para Felipe.

Continuou o seu relato.

— Minha namorada engravidou e ele nos convenceu de que um aborto seria melhor do que

Capítulo 25

assumir um filho naquele momento. Claro, nós ajudávamos a distribuir o lixo que ele vendia! Uma criança atrapalharia — e muito — o bom andamento dos *negócios* — disse o rapaz com ironia.

Sérgio estava totalmente alheio a tudo o que se passava ao seu redor. Dalva e Luísa conduziam a conversa com os demais de modo a que não fosse interrompido ou perturbado o diálogo entre Sérgio e o desencarnado.

— Minha namorada morreu porque o aborto mal feito ocasionou uma hemorragia. Depois disso comecei a me drogar ainda mais e morri de overdose. Antes disso tudo eu era feliz com a minha família; meu pai tinha uma pequena empresa, meu irmão e eu trabalhávamos com ele, vivíamos bem...

Sérgio argumentou:

— Meu irmão, apesar de ser difícil, você precisa perdoar e seguir o seu caminho. Ficar ao lado dele não vai levá-lo a nenhum lugar melhor. A vingança faz mais mal ao vingador do que àquele que é objeto da vingança.

— Cale-se! O que você sabe da minha vida? — respondeu o atormentado rapaz, agora em prantos.

— Sei apenas que necessita de auxílio.

— E você pode me ajudar como? Vai me tirar dessa vida de angústia? Já tentei me matar, mas vi que não é possível morrer de verdade. Havia

Caminhos cruzados

ouvido falar em vida após a morte, mas sinceramente preferiria que isso não fosse verdade. Talvez seja bom para quem morreu em paz. Mas, para mim... tenho suportado horrores! Você não pode imaginar. Sinto ódio, mas também muito frio, fome, dores... Tenho pesadelos pavorosos.

— Se você quiser, receberá todo o auxílio de que necessita.

Agora o rapaz parecia totalmente frágil.

— Será verdade, ou você está querendo me castigar?

— Eu jamais magoaria você, meu irmão. Tudo o que quero é ajudá-lo a se recuperar e ser feliz.

— Não pode ser verdade! O que você ganharia com isso? Que diferença faz? Você nem me conhece!

— Sei que somos filhos do mesmo Pai, e isso é mais do que suficiente.

O rapaz parecia confuso.

— Como assim? Que pai?

— Deus — respondeu Sérgio sereno.

— Deus nem me conhece, nem sabe que eu existo.

Com o auxílio do mentor que estava a seu lado, Sérgio falou:

— Lembra-se do que a sua mãe ensinou a você quando era ainda pequenino? Você abandonou todos aqueles valores. Após a morte dela, há alguns anos, tornou-se uma pessoa revoltada e deixou de lado tudo de bom que ela havia ensinado.

O rapaz chorava copiosamente.

— É verdade. Não sei como você sabe dessas coisas, mas foi isso mesmo que aconteceu. Será que algum dia tornarei a ver a minha mãe? Ela era a única que se importava comigo.

— Tenho certeza de que se você realmente quiser poderá encontrá-la em breve — disse Sérgio esclarecido pelo mentor.

— Se eu tivesse essa certeza faria qualquer coisa, qualquer coisa mesmo!

— E acredita que conseguiria fazer um esforço para perdoar Felipe?

— Perdoar Felipe? Por que eu o perdoaria? Ele acabou com a minha vida!

— Mas você também errou. Pense: Deus já perdoou você. Aliás, ele nem mesmo se sentiu ofendido com a sua atitude. O Pai lamenta os erros dos filhos, mas sabe que um dia eles se cansam de sofrer, se arrependem, procuram corrigir os seus erros e seguir o caminho do bem.

— E se eu não o perdoar?

— Continuará sentindo o peso desse ódio e será consumido pelo desejo de vingança, ficando parado no tempo, até que um dia, cansado

Caminhos cruzados

de resistir acabará buscando a paz que você no fundo tanto deseja.

O rapaz parecia exausto, como se já não tivesse mais forças para sustentar os sentimentos negativos que se esforçava para manter. Na verdade, o que mais desejava agora era encontrar um pouco de tranquilidade, deixar de lado tudo o que se passara, pois já não havia o que fazer. Não havia como consertar a situação que ele próprio ajudara a criar. Por fim, tocado pelos argumentos de Sérgio, disse:

— Não sei quanto tempo demorarei para perdoar, mas acho que você tem razão. Felipe não fez tudo isso sozinho. Tenho que admitir que sou responsável por haver estragado a minha vida. Vou tentar recomeçar, reparar os erros.

Sérgio sorriu e nesse momento uma luz se fez. Em meio a ela via-se uma mulher que sorria abrindo os braços e dizendo suavemente:

— Venha comigo, meu filho. Chega de sofrer. Cuidarei de você, e logo ficará bem. Poderá então prosseguir na sua jornada e se preparar para novas tarefas.

Mudando a sintonia imediatamente, o jovem que há pouco demonstrava ódio e revolta, deixou-se envolver por aquele carinho. Sentindo-se ao mesmo tempo amparado e frágil, sorriu como há muito não fazia. Seus olhos se iluminaram e deixando-se acolher, exclamou feliz:

Capítulo 25

— Mãe? Estarei sonhando? É você mesma?

A mãe, sorrindo, convidou:

— Vamos, Artur. Chega de sofrer.

Ele olhou para Sérgio e sorriu. Sua mãe acenou um adeus, e seu olhar de agradecimento não necessitava ser complementado por palavras, que talvez não fossem capazes de exprimir todo o sentimento que inundava o ambiente naquele instante.

Sérgio sorriu feliz com o desfecho da situação. Quando Felipe chegou, Dalva também viu o seu acompanhante, e trocou um olhar significativo com Luísa, que na hora entendeu do que se tratava. Com o suporte de ambas o ambiente tornara-se propício para que Sérgio tentasse auxiliar o espírito.

Após a partida do jovem, Sérgio observou Felipe. Parecia cansado, e logo pediu licença para se retirar.

Em situações como a que acabamos de relatar pode haver mais de um obsessor. No caso de Felipe, Artur não era o seu único obsessor; como ele colaborara na destruição de muitas vidas, havia vários outros que desejavam vingar-se dele, que o odiavam. A pessoa mais desavisada pode pensar que sendo assim de nada adianta retirar apenas um espírito do lado do encarnado, uma vez que há outros que continuarão ali para atormentá-lo. Entretanto,

Caminhos cruzados

cada espírito que é encaminhado significa um irmão a mais que terá a oportunidade de receber tratamento e esclarecimento. Ao mesmo tempo, o encarnado de certa forma pode sentir-se um pouco mais *leve*, e, dependendo do caso, ter mais *chances* de se recuperar.

Nota da autora espiritual

Alguns minutos depois, Dalva, Luísa e Sérgio se despediram, prometendo voltar na semana seguinte.

Daquele dia em diante Glória e Flávio recuperaram a vontade de viver. Sentiam-se felizes, apesar da situação em que o filho se colocara. Procuravam conversar com ele, que os ouvia educadamente, controlando-se para não explodir, pois achava que os pais estavam loucos.

Porém, Felipe amava muito os pais e não desejava entristecê-los ainda mais. Sabia que eles já sofriam muito com a situação que ele causara, e não desejava fazê-los suportar além dos tormentos que já experimentavam.

Glória e Flávio frequentavam regularmente a Casa Espírita e liam bastante para aprenderem sobre a Doutrina dos Espíritos. Estavam agora equilibrados e compreendiam a vida de uma maneira diferente, com mais lucidez e fé renovada.

Capítulo 25

Um dia Felipe chegou em casa fora de si, completamente enlouquecido, pois estava fortemente drogado. Dirigiu-se ao seu quarto e começou a quebrar tudo o que encontrava pela frente. O pai tentou acalmá-lo, o que o irritou ainda mais. Desvairado, jogou-o sobre a cama, e colocando-se sobre ele tentou sufocá-lo com um travesseiro. Flávio lutou pela própria vida, mas um forte murro certeiro deixou-o desacordado. Felipe continuou esmurrando o pai até que por fim sufocou-o com o travesseiro. Sem dar-se conta de que Flávio já havia desencarnado, dava pontapés no corpo inerte, blasfemando aos berros.

Depois do ocorrido, Felipe perdeu o pouco do equilíbrio que possuía. Drogava-se cada vez mais, até desencarnar assassinado por traficantes rivais.

Glória mais do que nunca prosseguia na fé que abraçara, e orava muito pelo marido e pelo filho, a fim de que ambos se reencontrassem do outro lado da vida e resolvessem a situação.

Capítulo 26

Felipe adormeceu novamente após tantas recordações dolorosas. Quando acordou pensou em Mariana. Ela era uma pessoa muito especial. Embora desconhecesse seus problemas, sempre lhe dizia boas palavras, e aconselhava-o a procurar o caminho do bem. Parecia que ela adivinhava as coisas erradas que ele fazia e o tipo de vida que levava.

Às vezes ela o deixava bastante irritado com as suas conversas, e por ficar falando em Jesus a todo o momento. Aquela ladainha lembrava-o dos seus pais, e de certa forma faziam vir à tona a lembrança do crime bárbaro que cometera.

Agora se sentia completamente desamparado, aterrorizado e sozinho em meio a tantos

Capítulo 26

desafetos. Tinha frio, fome, estava imundo: era profundamente infeliz. Desprezara os conselhos, o carinho e a proteção oferecida por aqueles que o amavam, e que certamente estavam contentes com a vida que haviam escolhido para si. Ele fora parte do universo daquelas pessoas, mas não dera a ninguém o devido valor. Pensava nos pais, que nos últimos tempos haviam se modificado tanto e queriam se reaproximar dele. Ele, sempre rebelde e zangado, não queria saber deles, e afinal matara o pai com as próprias mãos!

Ultimamente, a dor de haver tirado a vida de Flávio dilacerava seu ser.

Sem entender muito bem como, Felipe chegou à casa de Mariana. Viu que ela e sua família estavam alegres e sorridentes como sempre, e sentiu a tranquilidade daquele ambiente equilibrado. A família conversava sobre o dia que havia acabado quando Ana bateu à porta.

— Entre, tia Ana — convidou Mariana animada. Estávamos esperando a senhora para tomar chá. Chegou muito cansada do trabalho?

— Um pouco, filha — disse Ana abraçando a sobrinha com carinho.

— Ana, você já jantou? Guardei um prato aquecido para você.

— Vou aceitar. Na verdade estou faminta.

Caminhos cruzados

Todos acompanharam Ana até a cozinha. A mesa estava posta esperando que a enfermeira retornasse do seu plantão. Quando ela estava quase terminando, Iara foi colocar água para fazer chá. A família gostava de se reunir no final do dia para conversar e tomar uma xícara de chá. Dessa maneira podiam manter sempre em dia os assuntos familiares.

Felipe observava aquela reunião familiar e chorava baixinho.

— Eu poderia ter sido parte de tudo isso, mas joguei tudo fora. Fui recebido nesse lar com carinho, mas me portei mal e todos acabaram me detestando. Até minha doce Mariana deve se lembrar de mim com desprezo.

Felipe aproximou-se então de Mariana, e tentou abraçá-la, dizendo:

— Perdão por ter batido em você, e por tê-la ofendido. Não mereço nada, mas, por favor, me perdoe.

Mariana, sentindo a vibração de Felipe lembrou-se do rapaz e cambaleando ficou séria de repente.

— Que foi filha? Você está pálida! — disse Lúcio levantando-se para ampará-la.

— Não sei. De repente me lembrei de Felipe. Pareceu-me que ele estava ao meu lado pedindo perdão pelas suas atitudes.

Capítulo 26

— Pobre rapaz! — exclamou Ana, comovida.

— Vamos orar por ele — convidou Caio.

— Quer fazer a prece, Mariana?

Mariana assentiu com a cabeça e começou:

Deus de infinita bondade e misericórdia, Jesus nosso Mestre e Amigo, Espíritos protetores. Nós rogamos a todos para que neste momento velem por Felipe onde quer que ele esteja.

Todos nós, no decorrer de muitas encarnações erramos muito, não nos cabendo, portanto, o direito de julgar os atos de quem quer que seja. Se nosso irmão não cumpriu a sua tarefa de acordo com as expectativas, que ele possa perceber os seus erros e ser amparado por bons espíritos que lhe indiquem o caminho reto a fim de que um dia ele possa voltar para cumprir aquilo a que se propuser, expiando assim as suas faltas. Que nós possamos auxiliar de alguma forma, nem que seja apenas através das nossas preces e do nosso carinho. Lembremo-nos também do senhor Flávio. Que ele possa perdoar o ato impensado do filho e encontre a paz.

Felipe, estamos sempre torcendo para que você encontre a felicidade.

Graças a Deus. Que assim seja.

Todos estavam comovidos, mas ninguém mais do que o próprio Felipe, que ao julgar ser

Caminhos cruzados

detestado percebia o carinho com o qual a família orava por ele. Felipe pôde ver uma luz saindo das pessoas, e sentiu-se amado e amparado como há muito não acontecia.

Chorando muito, ajoelhou-se e pediu:

— Deus, nem sei há quanto tempo não o chamo. Parece que me esqueci de tudo o que meus pais me ensinaram na infância. No entanto, se ainda houver algum jeito, perdoe-me por tantas coisas ruins que fiz, e permita que eu repare os meus erros de alguma forma. Ajude-me, meu Deus, por favor.

Em seu pranto compulsivo Felipe não notou que espíritos iluminados se aproximaram dele. Ao abrir os olhos deu um grito de surpresa, medo e espanto.

— Quem são vocês? — perguntou.

— Somos emissários do Senhor. Viemos em nome Dele levá-lo a um lugar onde receberá tratamento e instruções necessárias para recomeçar.

— Posso ver minha mãe antes de partir?

Como por mágica, em um instante Felipe se viu ao lado da mãe. Ela olhava para uma foto onde estavam Felipe, o pai e ela. Podia ouvir a mãe em oração:

Deus de amor, Jesus de bondade. Permita que meus dois queridos recebam a assistência da qual ne-

Capítulo 26

cessitam. Que o meu Flávio perdoe o filho que em um momento de insanidade tirou-lhe a vida, e que nosso filho amado tenha novas oportunidades e seja feliz.

Obrigada meu Deus por ter permitido que eu tivesse os dois ao meu lado durante esses anos. E, se possível, Senhor, permita que nos encontremos novamente algum dia. Que assim seja.

Felipe olhou para os dois senhores e a mulher que o acompanhavam. Agora, mais tranquilo reconhecia nela a avozinha da qual o pai sempre lhe falava com carinho. Quis perguntar se de fato era ela, mas antes que o fizesse ela confirmou com um aceno, abrindo os braços para acolhê-lo. Nesse abraço Felipe sentiu-se adormecer e tudo de repente ficou longe, longe...

Na casa de Mariana todos foram se deitar. Glória também foi para o quarto e adormeceu em paz. Em ambos os lares podia-se ver o brilho vindo daqueles corações que além de perdoarem, pediam constantemente pelo bem de quem os havia ferido de maneira tão dolorosa.

Capítulo 27

Já haviam se passado dez anos desde os últimos acontecimentos.

Guilherme e Laura haviam se casado, e também Caio e Mônica que esperavam seu primeiro bebê.

Mariana transformara-se em uma linda mulher. Gostava muito de estudar e decidira trabalhar junto com os irmãos na empresa da família, que com o passar dos anos tornara-se maior e mais próspera. Com seu jeito expansivo e maternal ao mesmo tempo, Mariana acabou motivando os funcionários a trabalharem cada vez com mais carinho. Propôs ao pai e aos irmãos que todos os funcionários tivessem uma participação mais ativa na empresa, inclusive nos lucros. Dessa maneira, todos queriam que

Capítulo 27

a empresa crescesse cada vez mais a fim de que os seus salários tivessem sempre um acréscimo.

Resolveram contratar um novo colaborador, pois Xavier, um antigo funcionário, já estava idoso e tinha problemas de saúde que o obrigavam a ausentar-se às vezes. Embora não quisesse deixar o trabalho, Xavier reconhecia que necessitava de um auxiliar. Seu trabalho era cuidar de tudo o que fosse referente a marketing e relações públicas da empresa.

Foi assim que Henrique teve a oportunidade de juntar-se à equipe. Ele era um rapaz alto, moreno, simpático e sorridente. Logo no início mostrou eficiência e boa vontade. Procurava aprender com Xavier, que por sua vez queria também aprender com ele. Em poucos meses Henrique estava completamente entrosado com o trabalho da empresa, o que permitiu a Xavier trabalhar somente durante meio período, deixando o novo funcionário encarregado de resolver vários assuntos. Com o trabalho em conjunto dos dois, logo a empresa progredia ainda mais. Foi necessário contratar mais alguns funcionários a fim de atender a demanda.

Lúcio, porém, não deixou que isso lhe subisse à cabeça, e orientou os filhos nesse sentido. Em uma reunião com os três, disse muito claramente:

— Agora mais do que nunca é hora de poupar e fazer melhorias para favorecer os nos-

Caminhos cruzados

sos funcionários. Muitos nas circunstâncias em que estamos querem logo trocar de carro e mudar para uma casa maior. Nós investiremos no treinamento dos funcionários e ofereceremos a eles um ambiente de trabalho cada vez melhor. Não podemos jamais nos esquecer de que tudo o que possuímos é somente um empréstimo que Deus nos fez, e se assim Ele quis devemos dividir com os nossos colaboradores, oferecendo-lhes condições dignas de trabalho, e ainda auxiliando outros irmãos que necessitem do nosso apoio.

Todos concordaram, e os quatro se abraçaram, estando os filhos certos de que o pai sempre os orientava da maneira mais correta.

Era dezembro, e Mariana organizava a festa que a empresa ofereceria aos funcionários. Solicitou a colaboração de alguns funcionários, e durante esse período ela e Henrique tiveram a oportunidade de se conhecerem melhor.

Quando o dia da festa chegou, os funcionários, acompanhados por seus familiares, compareceram à chácara que fora alugada para a ocasião. Mariana e Henrique cuidaram de tudo, a fim de que não faltassem atrações para o entretenimento das crianças. Contrataram até um palhaço que fez rir crianças e adultos! O clima era de verdadeira festividade e confraternização.

Capítulo 27

Somente uma coisa não foi providenciada: que se servissem bebidas alcoólicas. Embora respeitassem o livre arbítrio de cada um, acreditavam, por outro lado, que não deveriam incentivar o consumo de álcool. Por isso, mandaram preparar deliciosos coquetéis de frutas que podiam ser saboreados por todos sem qualquer tipo de restrição. O almoço foi um sucesso: havia uma mesa cheia de saladas variadas, massas preparadas na hora e outras delícias. Para a sobremesa frutas e doces compunham o rico e variado cardápio.

Antes do almoço, Lúcio falou aos funcionários, agradeceu a todos pela colaboração oferecida durante o ano que terminaria em breve, e desejou a todos muito mais saúde, alegria e prosperidade no ano que iria se iniciar. Agradeceu a Deus por todas as graças recebidas. Comovido convidou a todos para orarem juntos um *Pai Nosso*.

— Independentemente da religião escolhida por cada um, todos temos em nossas vidas dádivas ofertadas por Deus. Até mesmo aqueles que não acreditam em nada, devem agradecer pelo dom da vida e refletir sobre o assunto.

No final do dia todos se despediram e partiram contentes. Alguns foram em seus próprios carros, outros tantos em um ônibus que havia sido alugado pela empresa.

Caminhos cruzados

Todas as crianças foram embora felizes com os presentes que o Papai Noel lhes havia dado. Na verdade, Henrique havia vestido as roupas do *Bom Velhinho*, a fim de alegrar ainda mais a festa.

Sim, de fato foi um ano muito próspero, pensava Lúcio satisfeito enquanto via as famílias se afastarem. *Obrigado, meu Deus, por haver permitido que eu fosse instrumento da Vossa abundância e pudesse oferecer a todos condições de trabalho e salários dignos.*

Tudo o que sobrou da festa foi encaminhado a uma instituição beneficente das redondezas, a fim de que nada fosse desperdiçado.

Lúcio convidou Henrique para almoçar com ele e a família no dia seguinte. O convite foi aceito prontamente. Era domingo. O jovem chegou na hora marcada, trazendo um vaso com uma linda orquídea para Iara, que gostava muito de flores, e naturalmente adorou o presente. Timidamente, Henrique ofereceu flores também a Mariana, que corou encabulada.

Lúcio já notara que os dois jovens se davam bem, e que por causa dos preparativos da festa haviam ficado mais próximos nas últimas semanas. O convite para o almoço era na verdade uma oportunidade para que Iara pudesse conhecer o rapaz um pouco melhor.

Capítulo 27

Iara observava a sua caçula e o rapaz, e logo notou que algo diferente se passava. Mariana já lhe falara sobre o rapaz; de como o achava gentil e inteligente, de como tinha ideias ótimas para todas as situações, e de quanto ele era bonito. A mãe, após conhecer Henrique, viu-se obrigada a concordar com a filha. Por um instante Iara lembrou-se de Felipe, dirigindo-lhe mentalmente uma prece.

Em seguida pensou:

— Tomara que Mariana encontre a pessoa certa dessa vez.

Após o desencarne de Felipe, Mariana tivera alguns namoros rápidos, porém nunca se comprometera seriamente com quem quer que fosse. Vivia para os estudos e para a família. Seus passeios eram sempre com os familiares, já que as suas melhores amigas agora eram também parte da família. Assim foi a vida de Mariana até Henrique aparecer. Embora Iara perguntasse à filha se estava interessada no rapaz, ela dizia apenas que o admirava muito, e que achava que ele era uma ótima pessoa.

— Na verdade, nem ela sabe o quanto está envolvida com ele — pensava Iara, de quem a filha jamais ocultava o que quer que fosse.

Os almoços na casa de Iara e Lúcio tinham agora um ar de festa, pois a família ficara maior,

Caminhos cruzados

e todos estavam sempre juntos. O ambiente era informal, agradável, e a família se dava muito bem.

Naquele domingo as atenções se voltaram para Henrique. Todos lhe faziam perguntas, querendo conhecê-lo melhor. Mesmo Caio e Rodrigo que trabalhavam com ele na empresa não o conheciam muito bem, já que ficavam em setores diferentes.

Juliana, a caçula de Guilherme perguntou:

— Você tem um irmão? Eu tenho o Lucas. Você já conhece?

Sorrindo, Henrique respondeu:

— Já conheci seu irmãozinho. Ele é muito parecido com você, e vocês dois devem brincar muito juntos, não é?

— Brincamos sim. Mas, e você, tem irmãos?

— Tenho uma irmã mais velha que eu, que é casada e tem dois filhos; tenho também um irmão que é o mais velho de nós três. Ele também é casado e tem uma filhinha de dois anos.

— Que legal! Traz as crianças para brincarem comigo e com o Lucas!

— Quem sabe um dia! — disse Henrique.

— Você mora com os seus pais? — perguntou Iara.

— Sim, nós moramos na Travessa Jataí, em um apartamento. O prédio fica ao lado da padaria *Delícias de Sempre*. A senhora conhece?

Capítulo 27

— Conheço, sim. É um lugar muito bonito.

— Nós gostamos muito de lá. Meu pai é dono da floricultura que fica do outro lado da rua.

— Que interessante! Seu pai deve ser uma pessoa muito sensível.

— É verdade. Ele é uma pessoa maravilhosa, assim como a minha mãe. Ela trabalha em uma escola para crianças com necessidades especiais.

— Então ela é professora? — perguntou Laura.

— Sim. Ela leciona há mais de trinta anos. Na verdade ela começou a lecionar antes mesmo de se formar, pois sempre amou crianças.

— Preciso conhecê-la! — exclamou Laura interessada.

Henrique sorriu, e Iara convidou:

— Quando vier novamente traga os seus pais.

— Certamente será um prazer para eles conhecê-los. Tenho certeza de que ficarão encantados com a sua família.

— E com certeza nós também — respondeu Iara gentilmente.

A conversa transcorreu agradável, e no final da tarde Henrique se foi, deixando todos falando sobre ele. A opinião era unânime: ele era de fato uma pessoa extremamente agradável e interessante!

Na hora de deitar Iara foi ver a filha.

— Mariana? Podemos conversar um pouco?

Caminhos cruzados

— Claro, mamãe. Sente-se aqui. Vou deitar a cabeça em seu colo.

Afagando os cabelos da filha Iara disse:

— Você tem razão, filha, Henrique é mesmo um rapaz muito interessante.

— Eu lhe disse, não foi?

— É. Só não me disse que está gostando dele.

— Mas não estou. Estou? Será? Eu não quero.

— Filha, não é por que você foi infeliz uma vez que será infeliz para sempre.

— Será que não?

— Você não pode achar que nada em sua vida vai dar certo por que não deu certo uma vez. Naquela época você era uma menina, mas hoje tem maturidade para conhecer melhor as pessoas.

Mariana sorriu e acenou um sim. Mãe e filha conversaram por mais alguns instantes, até que Iara disse:

— Vamos dormir, filha. Temos que acordar cedo amanhã.

Mariana beijou e abraçou a mãe, e logo dormiu. Naquela noite ela teve um sonho. No dia seguinte contou-o à sua mãe:

— Mamãe, lembra-se de quando sonhei que um homem me batia, e que esse homem era Felipe?

— Nossa! Isso faz tempo! Mas, eu me lembro sim.

Capítulo 27

— Pois é. Tive o mesmo sonho. Só que dessa vez o sonho continuou. Depois que Felipe me deixou jogada no chão e saiu, entrou um rapaz bem jovem para me acudir. Ele levantou-me do chão e com o seu lenço limpou o meu rosto que sangrava.

Nesse intervalo o homem que era Felipe voltou, e vendo a cena tirou uma espada e disse colérico: *Infame, sei que a ama. Mas, vou acabar com isso já.* Ele feriu o rapaz, que caiu e morreu imediatamente.

Quando olhei para o rapaz pude ver que ele era jovem como eu, e que tinha traços belos e delicados. Sabe quem ele era, mamãe? Era Henrique. Felipe matou Henrique. Ambos eram irmãos. Henrique e eu nos amávamos, mas eu fui obrigada a casar com Felipe, pois se não o fizesse ele mataria Henrique, e mataria você e papai também.

— Não fique impressionada, filha. Sabemos que não estamos juntos por acaso. Vamos orar e pedir a Deus e aos amigos espirituais que nos auxiliem a fim de que nossos corações sejam gratos pelas novas oportunidades que recebemos a todo o momento.

E assim, mãe e filha oraram com devoção por todos os envolvidos em tal história, principalmente por Felipe, que no Plano Espiritual recolhia agradecido a prece dedicada e ele.

Capítulo 28

Após ter sido resgatado na casa de Mariana, Felipe foi levado a uma colônia onde pôde estudar, aprender e evoluir. O jovem havia se arrependido sinceramente dos atos maus praticados na última encarnação, e também em existências anteriores.

No entanto, sua trajetória não foi nada fácil, pois em muitas ocasiões teve vontade de desistir de tudo, e voltar para a vida que conhecera tão bem. No início sentia falta das drogas, e foi somente com o auxílio dos seus novos amigos que ficaram ao seu lado nos momentos mais difíceis que ele conseguiu superar tal fraqueza. Aos poucos, muito lentamente, Felipe assimilou os novos ensinamentos e conseguiu então compreender que acima de tudo é o respeito para

Capítulo 28

com o nosso corpo físico que deve nos obrigar a não usarmos substâncias que o prejudiquem. Felipe entendeu a necessidade de nos mantermos saudáveis em todos os sentidos, a fim de preservarmos a integridade do invólucro bendito que abriga o nosso corpo espiritual.

Felipe chorou muito quando se deu conta do grande mal que havia feito a si mesmo ao utilizar as drogas nas quais se viciara. No entanto, logo foi instruído para que não se sentisse dessa forma, mas sim aproveitasse as novas oportunidades que surgiriam para que ele pudesse reparar os seus erros de alguma forma.

Ao falarmos em vícios é importante nos lembrarmos de que álcool, fumo e drogas não são os únicos vícios que nos fazem mal. Há tantos outros dos quais não nos lembramos, mas que são igualmente prejudiciais, como por exemplo, a maledicência, o orgulho, a vaidade, a falta de compaixão, de indulgência e de caridade, para citarmos somente alguns.

Não podemos nos esquecer de que somos responsáveis por tudo o que fizermos ou deixarmos de fazer. No entanto, tal pensamento não deve nos desmotivar por termos que percorrer um caminho tão longo. Pelo contrário, devemos agradecer ao Pai por cada barreira superada, e por sermos hoje melhores do que fomos ontem, apesar das nossas imperfeições.

Caminhos cruzados

Não percamos nunca qualquer oportunidade de nos melhorarmos, pois a perfeição deve ser sempre a nossa meta, embora ela esteja ainda tão longe de nós.

Que a cada dia possamos juntar mais um grão de areia à praia da nossa existência, a fim de podermos, no futuro, mirar essa praia e vê-la repleta de grãos que representem o nosso esforço e o empenho em melhorarmos.

Lembremo-nos de analisar nossos atos diariamente para tirarmos dos nossos equívocos as lições necessárias. De nada adianta perdermos os nossos dias remoendo os erros do passado. Que possamos sempre entender que errar é parte da nossa evolução, mas que insistir nos mesmos erros não torna ninguém melhor. Que cada erro sirva de aprendizado para que não venhamos a repeti-los no futuro. Por piores que tenham sido as nossas atitudes no passado, sempre é tempo de ser alguém melhor.

Nota da autora espiritual

Convencido de que não adianta perder tempo em lamentações, Felipe procurou superar o vício definitivamente, e logo começou a auxiliar outros em situação semelhante àquela que ele vivera, sempre assistido por amigos mais experientes.

Capítulo 28

Algum tempo depois ele começou a fazer pequenas excursões ao umbral a fim de auxiliar no resgate de alguns irmãos.

Havia, no entanto, algo muito doloroso que ainda o incomodava. Ele se lembrava de haver matado o pai. Mesmo estando sob o efeito de drogas sabia ser o único responsável pelo ato cruel.

Certo dia Felipe chorava em um canto do jardim. Fausto, seu amigo e mentor, foi falar com ele. Fausto era experiente e sensível, e sabia o motivo da tristeza do rapaz. Sentou-se ao seu lado e disse:

— Arrepender-se sinceramente já é um grande começo. Logo você poderá ver o seu pai e conversar com ele, conforme já o informaram.

— Eu não sei se quero, meu amigo. Sinto-me tão constrangido! Além disso, sei que nada poderá modificar a maldade que pratiquei.

— É verdade que não há como modificar o que já passou. Mas, o dia de amanhã sempre nos oferece oportunidades para repararmos nossos erros. Por outro lado, é necessário que você e seu pai se reconciliem, a fim de que ambos possam sentir-se mais aliviados e felizes.

— Jamais serei feliz, Fausto. Minha última encarnação foi totalmente jogada fora. Tudo o que fiz foi magoar aqueles que me amavam, ajudar a

Caminhos cruzados

estragar a vida de muitos e me comprometer junto a irmãos infelizes que não davam valor à vida; estes com certeza irão me cobrar mais dia, menos dia.

— É certo que aquele que deve teme. Mas, por outro lado, pense naqueles que estão vibrando pela sua recuperação e pela sua felicidade. Lembre-se ainda daqueles a quem tem auxiliado e que o bendizem pela ajuda que você lhes ofereceu. Não se esqueça de que tem trabalhado muito, e que mesmo nas horas de maior dificuldade você lutou com força e coragem.

— Mas teria falhado se não fosse por vocês.

— Teria falhado se não quisesse fazer a coisa certa. Lembre-se sempre que acima de tudo, *nós* somos os únicos responsáveis pelos nossos atos. Quando não queremos nos modificar ou não queremos fazer algo, de nada adianta a intervenção dos amigos e daqueles que nos querem bem, não importa se estamos no plano material ou espiritual. Por mais que queiramos nos isentar das nossas responsabilidades, jogando-as em ombros alheios, seremos sempre os únicos responsáveis pelas nossas boas ou más escolhas. Mesmo que influenciados pelos outros, a decisão final é nossa.

Felipe concordou com um gesto, e ambos foram para o local onde em breve se reuniriam com os outros para fazerem as orações da tarde

Capítulo 28

— quase noite — que transcorria agradável como sempre naquele lugar de paz e tranquilidade onde o amor se fazia sentir no ar.

Faltavam poucos dias para o encontro de Felipe com o pai, e naquele instante de prece o rapaz vibrou todo o amor que pôde pelo pai, pedindo-lhe que o perdoasse pelo seu ato insano. Em algum lugar do universo, o pai captava a mensagem do filho e vibrava de volta com o mesmo amor. Dessa forma, ambos comungavam o mesmo sentimento que os unia de maneira forte e indissolvível.

Amor verdadeiro é aquele que apesar de tudo o que possa ocorrer durante a trajetória é incondicional, perdoa sempre, nunca deixa de amar, e jamais guarda qualquer ressentimento.

O dia do encontro entre Felipe e o pai finalmente chegou.

Flávio já chegara e estava à espera do filho no jardim. Via-se resplandecer a sua luz, e podia-se observar que o amor transbordava de todo o seu ser. Há muito tempo Flávio aguardava aquele momento e mal podia esperar para ter o filho nos braços e oferecer a ele todo o seu carinho.

Flávio olhou à sua volta e contemplou o jardim. Nesse momento emocionou-se com a perfeição e a bondade do Criador. Mal conseguia reconhecer as cores das flores, pois eram tão variadas e diferentes que sequer saberia nomeá-las. Tons variados de amarelo, laranja, rosa, azul, creme, branco, vermelho, além de cores que ele nunca imaginara pudessem existir. E o perfume, então! A fragrância das flores era deliciosamente envolvente.

Oh, Pai Celestial! Nem mesmo a mais sábia dentre as Tuas criaturas poderia criar algo tão belo!

Nessas horas em que podemos contemplar a Tua obra é que percebemos o quanto somos pequenos e o quanto ainda temos que evoluir.

Imagine como será nos mundos perfeitos, se aqui, no meio do caminho, tudo já é tão maravilhoso!

Envolvido pelos seus pensamentos, Flávio nem notou que Felipe se aproximava na companhia de Fausto. Quando estavam bem próximos de Flávio, Felipe parou e segurou o braço de Fausto.

— Veja, meu amigo. Aquele é o homem que me recebeu em seus braços com todo o carinho, e a quem eu, em um momento de total estupidez, assassinei friamente, sem que ele tivesse a chance de se defender.

Grossas lágrimas caíram do rosto de Felipe. Nesse momento, como se tivesse sentido a aproximação do filho, Flávio voltou-se e viu o rapaz estático que o contemplava a chorar. No momento em que viu Felipe, Flávio abriu os braços e correu ao seu encontro abrindo também o seu melhor sorriso.

Felipe, que parecia estar colado ao chão, não se moveu, mas sentiu o calor do abraço apertado do pai ao qual retribuiu.

— Perdão, meu pai, me perdoa! Soluçava Felipe agarrando o pai como se ele fosse escapar das suas mãos.

Flávio feliz e emocionado repetia baixinho.

— Tudo bem, filho. Está tudo bem. Não se preocupe. Eu o amo muito. Você será sempre o filho querido do meu coração.

Ouvindo tais palavras, Felipe se desesperava ainda mais. Como pudera assassinar essa criatura bondosa que lhe ofertava seu amor e seu perdão sem cobrar nada, sem recriminá-lo, sem repreendê-lo, ou mesmo perguntar o porquê da atitude insana.

Captando o pensamento do filho, Flávio procurou confortá-lo.

— Filho, todos nós já erramos muito! Para que remoer enganos passados? Por acaso o Pai nos condena? Não nos dá o Pai amoroso a todo o momento, a oportunidade de reparar nossas faltas? Por que haveremos de nos condenar se Deus, em sua infinita bondade, só espera que

Caminhos cruzados

nos empenhemos em progredir a fim de alcançar a Sua luz?

Eu também já fiz muitas coisas que jamais gostaria de ter feito. Mas, o que importa agora é que hoje já conseguimos nos arrepender das nossas imperfeições e trabalhar pelo nosso progresso, auxiliando assim no progresso da humanidade.

Fausto, também comovido, observava a cena. De um lado, um coração generoso que procurava libertar de toda a culpa aquele que o ofendera um dia. Do outro, um coração arrependido que nem sequer precisava pedir perdão, pois já havia sido perdoado há muito tempo.

Quantos carregam sentimentos de rancor e vingança por anos, décadas, às vezes séculos, e nem imaginam que estão se aprisionando dentro de tais sentimentos negativos não querendo libertar e nem serem libertados! — pensava Fausto.

Graças te damos, Senhor, por permitir que esses corações se reconciliem a fim de prosseguirem em paz na sua jornada.

Quando finalmente Felipe se acalmou, puxou o amigo para junto de si, e disse sorrindo.

— Papai, este é o meu Anjo da Guarda! Seu nome é Fausto e ele tem me auxiliado muito desde que cheguei aqui.

Fausto sorriu e abraçou Flávio que retribuiu o abraço, dizendo:

Capítulo 28

— Que Jesus o abençoe por tudo o que tem feito pelo meu menino. Sei o quanto você tem sido importante na vida dele.

— Nós todos necessitamos uns dos outros. Na verdade faço muito pouco, se pensar em todas as bênçãos que recebo a todo instante. Creio que nada pode pagar a dádiva da nossa existência, e a bondade e o amor imenso que recebemos do Pai em todos os momentos.

— Tem razão. Por mais que façamos, as bênçãos são impagáveis.

Os três continuaram conversando, até que Felipe indagou:

— Pai, há uma coisa que preciso perguntar. Na verdade, isso vem me atormentando desde que me conscientizei da gravidade do meu ato.

— Filho, não devemos mais falar sobre isso. Faz parte do passado. Para que reviver velhos fatos?

— Prometo que nunca mais tocarei nesse assunto, mas, por favor, diga-me como se sentiu na hora em que tirei sua vida.

Flávio fitou o filho com carinho, e colocando ambas as mãos em seus ombros disse olhando-o nos olhos:

— Filho, eu só pensei que não podia ir embora e deixar você e sua mãe desamparados. Eu não queria partir sabendo que você precisava tanto de apoio. Pensei que sua mãe teria dificuldade em cuidar de tudo sozinha.

— Mas, e o fato de *eu* ter tirado a sua vida?

— Isso doeu um pouco, mas o que mais me machucou foi saber que você havia se comprometido devido ao erro cometido.

— Obrigado, pai. Agora eu sei que em momento algum me detestou.

— Que é isso, filho? Como poderia? Eu sempre o amei. Desde outras existências eu o tenho amado como filho, irmão, pai, e até como mãe!

Felipe sorriu contente e abraçou Flávio com carinho.

O dia já ia terminar. Após a prece, Flávio partiu para o seu lar prometendo voltar em breve. Mesmo partindo, deixou com Felipe a sua presença amorosa, repleta de luz e de perdão. A partir desse dia, Felipe sentiu-se feliz como há muito não se sentia. Dentro dele, a paz fez morada, e ele se dedicou mais do que nunca aos estudos e aos diversos afazeres.

Flávio visitava o filho com frequência, e sempre que podiam vinham juntos à Crosta Terrestre visitar Glória e outras pessoas queridas.

Capítulo 29

Após o desencarne do filho e do marido, Glória prosseguiu na sua rotina anterior. Trabalhava, ia ao centro, fazia alguns trabalhos voluntários, visitava doentes em hospitais, procurando preencher seu tempo de forma proveitosa.

Fizera novos amigos que lhe ofereceram o ombro amigo e o carinho do qual tanto necessitava depois de haver ficado sem a presença dos seus dois queridos.

A mãe de Glória falecera pouco depois de Felipe. Ela era a única pessoa próxima que ainda estava encarnada, já que seu pai e os pais de Flávio haviam desencarnado quando Felipe era ainda pequeno. Sendo filha única não podia dividir a dor com irmãos ou irmãs; Flávio tinha um único irmão que morava no exterior. Embora a

Capítulo 29

cunhada, sempre atenciosa, lhe enviasse e-mails e telefonasse regularmente, Glória sentia falta da presença física de alguém. Gostaria às vezes de poder chamar alguém para conversar e tomar um café, ou simplesmente telefonar e se distrair por alguns instantes. Foi justamente nesse momento, que Dalva, Sérgio e alguns novos amigos se aproximaram dela e lhe ofereceram a amizade e o carinho de que ela necessitava.

Apesar da dor, a compreensão da continuidade da vida, e o apoio constante que recebia fizeram dela uma pessoa mais forte e cheia de esperança no futuro. No fundo do seu coração sentia que o marido e o filho se reconciliaram e que ambos estavam felizes, pois o amor vencera as desavenças e superara o ato insano de Felipe.

Após alguns anos, começou a achar que deveria se mudar para um lugar menor. Procurou bastante até encontrar um local que julgasse conveniente. Por fim, encontrou uma casa que se perdia em meio a casas bem maiores, mas que era exatamente o que necessitava.

A casa era aconchegante e bonita. Pertencera a um casal idoso que desencarnara há pouco tempo. Os filhos, não se interessando pelo imóvel resolveram vendê-lo. Tudo ali fora feito com carinho, supervisionado pelo dono da casa, conforme informado a Glória pelos filhos do casal.

Caminhos cruzados

— O bairro é tranquilo e a vizinhança ótima — asseguravam.

— Não temos interesse no imóvel, pois ele é muito pequeno para qualquer um de nós. Além disso, não queremos alugar. Mas, venha conhecer a casa de perto — disse o filho do casal mostrando a entrada para Glória.

O portão era alto, escondendo a casa. Ao vê-la, Glória abriu um grande sorriso.

— É linda! — exclamou.

— Que bom que gosta — disse a moça. Meus pais plantaram esse jardim com todo o carinho. Aposto que cada flor tem uma história interessante para contar — completou sorrindo. Venha, vamos entrar.

O primeiro aposento era a sala. Ampla e bem arejada, suas grandes janelas davam vista para o jardim, fazendo com que o perfume das flores chegasse até o aposento. Por ser grande poderia ser dividida em dois ambientes. Mentalmente Glória já pensava na decoração. Foi tirada do seu devaneio por Marli — esse era o nome da moça, que a chamava gentilmente.

— Venha ver os outros aposentos.

Havia dois quartos. No maior havia espaço suficiente para a cama de solteiro que ela pretendia comprar, para o guarda-roupa, a velha

Capítulo 29

penteadeira e os criado-mudos. No outro quarto faria uma sala de música e leitura.

A cozinha era arejada e bem iluminada. Havia móveis bonitos, o que era bastante conveniente, já que os de Glória estavam bastante velhos e precisavam ser trocados. Ao lado da cozinha havia uma lavanderia ampla.

Atrás da casa, uma horta e um pequeno pomar demonstravam o carinho que lhes haviam sido dispensados pelo senhor Gustavo e por sua esposa, dona Naná, apelido de dona Helena.

— Eles faleceram há alguns meses. Nós pintamos a casa, e toda semana vem um senhor cuidar do jardim e do pomar. Nós não gostaríamos de vender, mas é difícil cuidar e deixar fechado.

— Marli, você e seus irmãos são bem-vindos quando quiserem vir visitar a casa e tomar um café comigo. Será um prazer e uma grande alegria!

A moça sorriu, agradecendo.

— Venha cá. Vamos conversar um pouco — convidou, mostrando a Glória um cantinho encantador.

Do lado esquerdo do pequeno pomar havia um caramanchão com um banco, e próximo dali um local fechado que parecia um *quartinho de bagunça*. No entanto, quando Marli o abriu Glória ficou surpresa. Era a sala na qual os pais

214

Caminhos cruzados

vinham tomar seu chá no final da tarde. Havia janelas em todas as paredes, e no teto havia telhas de vidro, que tornavam o ambiente claro e alegre. Este local estava arrumado como o casal o havia deixado. Uma pequena cozinha permitia que o chá fosse preparado ali mesmo, e um bonito móvel de canto guardava a louça necessária para a ocasião. Uma mesa redonda e um sofá completavam o ambiente.

— Venha sentar-se — convidou Marli.

Glória sentou-se ao lado da moça.

— Vou aceitar seu convite para vir aqui de vez em quando. Sinto muita falta dos meus pais. Eu nunca vi duas pessoas se darem tão bem. Parecia que um adivinhava o que o outro pensava. Ambos tiveram uma vida de muito sacrifício, pois somos três irmãos e meus pais sempre procuraram fazer com que nós estudássemos e pudéssemos seguir as carreiras que desejássemos. Na medida em que pudemos começar a trabalhar, procurávamos ajudar os nossos pais naquilo que era possível. Pagávamos as contas menores como luz, água, gás, padaria, açougue. Nós sempre nos ajudamos muito uns aos outros. É muito difícil conviver com a ausência dos dois. Papai adoeceu e em uma semana faleceu. Mamãe partiu dois meses depois. Nós a havíamos convidado para

Capítulo 29

almoçar conosco. Após o almoço ela foi para a sala brincar com os meus filhos. Quando meu filho mais novo adormeceu em seu colo, fui perguntar a ela se não gostaria de deitar-se um pouco e ela havia falecido.

Glória tomou as mãos da moça que chorava sentida, e falou:

— Eu sei bem o que é saudade!

E Glória contou a Marli de como ficara só, e de como encontrara apoio na convivência com os novos amigos.

— Eu nunca fui a um centro espírita. Será que um dia posso ir com você?

— Claro. Costumo ir às reuniões das quartas e dos sábados.

— Podemos combinar para o próximo sábado?

— Combinado!

Ambas continuaram conversando por um longo tempo. Glória comprou a casa e logo se mudou muito contente. Não tinha tempo livre, pois queria decorar a casa e comprar algumas coisas novas. Muitas vezes Marli a acompanhou às compras, e ambas acabaram tornando-se ótimas amigas.

Um dia, Marli chegou contando a Glória que faria uma festa pelo décimo aniversário do seu

Caminhos cruzados

filho mais velho e que gostaria que ela a ajudasse nos preparativos.

— Ficarei muito contente em poder ajudar — respondeu Glória.

Nessa altura toda a família de Marli conhecia Glória, que era tratada com carinho, como se fosse uma tia. Ela era uma pessoa de confiança e todos gostavam dela.

Chegou o dia da festa, e logo chegavam os convidados. Cláudio, marido de Marli era funcionário da empresa de Lúcio, e Glória acabou conhecendo Mariana. Conversando, ambas descobriram que Mariana havia sido namorada de Felipe. Esta se emocionou ao conhecer Glória. Nasceu ali uma grande amizade e ambas se visitavam regularmente.

Glória resolveu vender a loja, e logo Mariana oferecu a ela um emprego na papelaria para trabalhar por meio período.

Assim, Glória seguiu sua vida, feliz apesar da saudade, cercada pelo carinho dos amigos e das crianças desses amigos que a amavam muito e a consideravam uma segunda avó. Ela era paciente, bondosa, e sabia contar muitas histórias. Quando necessitavam, os pais podiam contar com o auxílio dela para olhar as crianças, sabendo que estas estariam em excelentes mãos.

Capítulo 29

Felipe e Flávio vinham visitar Glória às vezes, e alegravam-se por vê-la bem. Em uma dessas vezes envolveram-na com muito amor, e ela teve a certeza de que podia dormir em paz, pois, não só ambos estavam bem, como haviam se reconciliado.

Capítulo 30

Era primavera. As flores desabrocharam coloridas e o seu perfume enchia a atmosfera. A chuva limpava o ar que se renovava e pairava purificado sobre todos os seres.

Havia uma vibração de muita alegria na empresa de Lúcio. Em alguns dias Mariana e Henrique se casariam, unindo assim as suas vidas, a fim de construírem juntos um futuro de muito amor e harmonia.

Ambos tiraram uma semana de férias para terminarem os últimos preparativos.

Casaram-se numa manhã de sexta-feira. Ficou combinado que não haveria festa, e logo no final da tarde partiram para uma viagem de núpcias.

Capítulo 30

Os dias prosseguiram na sua rapidez habitual, e logo Mariana e Henrique planejavam a vinda de um bebê.

Após a conversa que tiveram a esse respeito Mariana acordava e se lembrava de haver sonhado com Felipe. Comentou o caso com Henrique durante o café da manhã.

— Faz duas noites que sonho com Felipe.

— Mesmo? Como foi?

— Não me lembro muito bem. Só sei que você também estava lá.

— Que interessante! Eu também sonhei que nós estávamos em algum lugar conversando com quatro homens. Só não sei sobre o que era a conversa.

Despreocupados com o assunto, ambos fizeram uma prece por Felipe e em seguida saíram para trabalhar.

O casal não se lembrava de que durante o sono físico fora levado a um lugar onde haviam sido traçados planos abençoados que mudariam suas vidas muito em breve.

Ambos chegaram a um lugar muito bonito, cheio de flores, onde estavam Felipe e Flávio com dois senhores de olhares bondosos.

Os dois senhores se apresentaram.

— Que bom que vieram. Eu sou Mário, e este é Fausto. Mariana, você já conhece Felipe.

Caminhos cruzados

Este é Flávio, o pai de Felipe. Venha, Henrique, queremos que você os conheça também.

Henrique, que sabia de tudo o que havia ocorrido em relação a Felipe abraçou o rapaz e o pai, contente por saber que ambos haviam se reconciliado. Mariana, por sua vez, também abraçou os dois, muito emocionada.

— Creio que agora podemos conversar com vocês sobre o motivo que nos fez trazê-los até nós.

O casal sorriu curioso.

— Por favor, contem-nos tudo — pediu Henrique.

— Bem, começou Fausto, vocês estão planejando ter filhos, e nós gostaríamos muito que Felipe e Flávio reencarnassem como irmãos, para que pudessem crescer no mesmo lar e terem uma convivência estreita. Felipe, apesar de haver recebido o perdão de Flávio sofre muito em razão do ato que cometeu, e nós conseguimos a permissão necessária para que ele reencarne em breve. Como ele sente muito ter causado tanto sofrimento à Mariana e aos seus familiares, e como hoje vocês têm intenção de constituir uma família, gostaríamos de saber se vocês os aceitariam como filhos.

Mariana e Henrique se olharam, sorriram, e ambos assentiram com a cabeça.

Capítulo 30

— Da minha parte será uma grande alegria servir de instrumento para que ambos possam reencarnar.

— Digo o mesmo — completou Henrique.

— Bem, não é tão simples assim. Felipe não será uma criança como as outras. Ele necessitará de cuidados especiais.

— Nós o amaremos da mesma forma, não é Henrique?

— Claro! Juntos nós lhe ofereceremos as condições necessárias para que ele viva da melhor forma possível.

Num impulso, Felipe abraçou Mariana e Henrique, feliz por haver encontrado o lar do qual necessitava para receber uma nova oportunidade de reencarnar.

— Flávio nascerá junto com Felipe. Serão irmãos gêmeos — explicou Mário. Vocês terão bastante trabalho, pois serão dois bebês, e um necessitará de cuidados especiais.

— Nós os acolheremos em nosso lar com o mesmo amor — disse Henrique.

Mariana e Henrique abraçaram-se, sorrindo e chorando ao mesmo tempo.

— Não será maravilhoso nós os acolhermos como nossos filhos?

— Sim. Nós lhes ensinaremos tudo de melhor, nós os criaremos sob a luz dos ensinamentos

Caminhos cruzados

do Mestre e no final da jornada todos sairemos mais fortalecidos dessa experiência.

A espiritualidade fez o seu trabalho conforme havia sido estabelecido, e logo Mariana engravidou.

Felipe e Flávio ficaram cada vez mais próximos dos futuros pais que os aguardavam com muito amor e alegria. Quando descobriram que se tratava de gêmeos começaram a comprar tudo em dobro.

Muitas vezes saiam para fazer compras. Quase sempre convidavam alguém para o evento. Geralmente iam Iara, a mãe de Henrique, e Glória, que agora era uma grande amiga do casal.

Todos estavam muito alegres. Tudo já estava pronto para a chegada dos bebês, que já se sabia serem dois meninos. Faltavam agora poucos dias para que ambos viessem ao mundo.

Mariana afastou-se do trabalho, e ficou aos cuidados das três mulheres que se revezavam para fazer-lhe companhia.

Chegou o grande dia! Tudo correra bem até então, e Mariana já estava no hospital para ter os bebês.

O primeiro nasceu forte, bonito e estava bem. O segundo, que nasceu alguns minutos depois, demorou um pouco para chorar. Pouco depois foi constatado que o segundo bebê nascera com

Síndrome de Down. No entanto, tal fato não abalou a alegria do casal que levou os filhos para casa envolvidos em grande amor e imenso carinho.

Flávio agora se chamaria Rafael, e Felipe seria Tiago.

Os meses se passaram, e ambos cresciam dentro de um lar de muito amor, cercados de carinho.

Glória, que ajudava a cuidar de ambos sentia como se os dois fizessem parte de sua vida. Embalava Tiago e invariavelmente pensava em Felipe.

Será possível que seja ele? — perguntava a si mesma. Um dia comentou sobre isso com Dalva que esclareceu que embora não se pudesse ter certeza, tal possibilidade existia.

Com muito amor e paciência Mariana, Henrique e todos os demais procuravam auxiliar Tiago para que ele se desenvolvesse da melhor forma possível. Embora ele não fosse tão forte ou tão vivaz como o irmão, era amoroso, e apesar da lentidão em aprender conseguia grandes progressos.

— Rafael cuida do irmão, como se entendesse que ele necessita de mais atenção — observavam todos.

Quando os meninos completaram dois anos Mariana engravidou novamente e deu à luz uma linda menina.

Os anos se passaram. Felipe, agora Tiago, recebia tudo aquilo de que necessitava para se

Caminhos cruzados

fortalecer física e espiritualmente. Apesar de todas as dificuldades aprendera a orar e sabia que havia um *Papai do Céu* que cuidava dele.

Os meninos estavam com cinco anos. Tiago apresentava uma saúde frágil e era constantemente levado a hospitais no meio da noite. Em uma dessas vezes os médicos chegaram a temer que ele não resistisse. Mais do que nunca todos puderam sentir o quanto o amavam. Ficara internado dez dias devido à forte pneumonia. Quando voltou para casa foi uma grande festa.

No entanto, apesar de todo o carinho que lhe era oferecido e de toda a atenção a ele dispensada, Tiago retornou ao Plano Espiritual antes de completar dez anos de idade.

Foi um grande sofrimento para todos. Mas, ao recuperar sua consciência no outro Plano, Tiago (ou Felipe) chorou de alegria por ter vencido mais uma etapa da sua existência. Dessa vez ele retornava feliz, sendo acolhido pelos amigos que deixara antes de reencarnar. Era extremamente grato a todos aqueles que o acolheram durante a sua breve passagem pela Terra.

Agora se sentia mais fortalecido, e o fato de haver vivido preso em um corpo deficiente fez com que ele valorizasse a saúde e a vida que havia desperdiçado em outras existências. Havia também perdoado a si próprio por todos os erros que come-

Capítulo 30

tera no passado. Agradeceu ao Criador em sentida prece, pela oportunidade que lhe fora dada, e rogava para que todos aqueles que haviam lhe dedicado tanto amor fossem abençoados pela sua bondade, carinho e desprendimento, cuidando dele como se fosse a maior preciosidade do mundo. De fato ele o era para aqueles que tanto o amavam.

A vida prosseguiu dos dois lados, e Deus, na sua infinita bondade e misericórdia continua oferecendo oportunidades para todas as suas criaturas, que muitas vezes, cegas pelo orgulho, pela vaidade e por outros sentimentos inferiores não aproveitam as chances que lhes são dadas a todo o momento.

No entanto, segue o Pai Amoroso nos estendendo a Sua mão amiga, e bondosamente nos mostrando os caminhos luminosos que Seu filho, nosso Irmão Maior, veio bondosamente abrir para que o trilhássemos há mais de 2000 anos.

Sejamos, pois gratos, reformulando os nossos pensamentos e as nossas atitudes, a fim de aproveitarmos as lições que necessitamos aprender, para chegarmos do outro lado da vida melhores do que éramos quando aqui encarnamos.

Notícias de Felipe

Muito tempo se passou. Hoje, depois de tantos anos, Felipe segue construindo passo a passo o seu caminho evolutivo. Depois de tantas existências nas quais malbaratou tantas oportunidades, trabalha com afinco para auxiliar jovens que um dia, assim como ele, entregaram-se aos vícios e trilharam o lado obscuro da vida.

Epílogo

Leitor amigo, acompanhamos aqui diferentes histórias. Pudemos nos emocionar e nos alegrar com acontecimentos comuns, que na verdade fazem parte do dia a dia de todos nós quando encarnados.

Estamos sempre expostos a obstáculos, que devem, antes de tudo, ser encarados como oportunidades de aprendizado. Por mais dolorosa que seja a lição, certamente ela tem um propósito, que é a nossa evolução espiritual. Não percamos jamais a nossa fé e a confiança de que nosso Pai Celestial jamais nos abandona. Pelo contrário, ele nos aninha junto ao seu peito para que ali encontremos o conforto do qual necessitamos.

Aprendamos a aceitar as lições que nos cabem aprender, com a resignação que certamente tornará o nosso fardo mais leve.

Epílogo

Nas horas difíceis, procuremos o conforto do qual o nosso espírito precisa, através da prece sincera que trará o alívio necessário para o nosso coração. Aquietemo-nos, procurando respostas às nossas indagações, e esperemos que do Alto venha a orientação que nos auxiliará nas horas de aflição.

Entremos em sintonia com a Espiritualidade Maior, a fim de que consigamos perceber o que os benfeitores espirituais nos dizem. Não podemos esperar que ninguém aja ou decida por nós, mas, como alunos que somos perante a vida, podemos pedir aos mestres que já passaram por experiências semelhantes que nos orientem na nossa jornada. E, acima de tudo, confiemos sempre no Mestre dos mestres que jamais deixa de nos oferecer o Seu carinho e a Sua bondade.

Acreditemos sempre que amanhã será sempre um dia melhor, e que tudo na nossa vida material passa. Passa o que é bom, mas passa também o que é ruim. Somente quando tivermos aprendido todas as lições das quais necessitamos poderemos viver a felicidade total a qual todos estamos destinados. Assim, por pior que o momento atual possa parecer, lembremo-nos sempre de que tudo passa, e só o que é verdadeiro permanece em nossa vida.

Procuremos cultivar as virtudes que o Mestre exemplificou. Aprendamos a amar de forma geral

Epílogo

e sem restrições, entendendo que só o amor na sua essência mais pura é capaz de nos mostrar todos os outros caminhos. Só ele pode abrir as portas da verdadeira caridade, indulgência e bondade, e fechar para sempre por trás de nós as portas do egoísmo, do individualismo, da falta de compaixão pelos problemas alheios, da vaidade e do orgulho, que não nos levam a lugares onde existam a luz e a alegria.

Que as nossas vidas possam ser repletas do amor verdadeiro inspirado no Cristo, que se despiu da sua própria luz para viver entre seres imperfeitos, ensinando a cada um como brilhar e acender a luz do seu semelhante.

Agradeço ao leitor que percorreu conosco estas páginas, propiciando-nos a oportunidade bendita do trabalho.

Finalmente, desejo que todos os corações possam libertar-se da sombra da mágoa, da tristeza, e de todos os sentimentos que ocultam a verdadeira Luz.

Carmen

CTP·Impressão·Acabamento
Com arquivos fornecidos pelo Editor

EDITORA e GRÁFICA
VIDA & CONSCIÊNCIA

R. Agostinho Gomes, 2312 • Ipiranga • SP
Fone/fax: (11) 3577-3200 / 3577-3201
e-mail:grafica@vidaeconsciencia.com.br
site: www.vidaeconsciencia.com.br